Mythes
et dieux tibétains

Du même auteur

La Pratique de l'éveil de Tilopa à Trungpa
« Points Sagesses », n° 119, 1997

Mythes et dieux tibétains
« Points Sagesses », n° 152, 2000

Trungpa. Biographie
2002

Pour chaque moment de la vie
de Chögyam Trungpa
(anthologie de textes présentés
et réunis par Fabrice Midal)
2004

CHEZ D'AUTRES ÉDITEURS

Lumière au Pays des Neiges
Éditions du Relié, 2001
et Pocket, 2003

Chrétien aujourd'hui
(en coll. avec Monseigneur Michel Dubost)
Éditions Pygmalion, 2001

Fabrice Midal

Mythes et dieux tibétains

Une entrée dans le monde sacré

Éditions du Seuil

COLLECTION DIRIGÉE PAR
VINCENT BARDET ET JEAN-LOUIS SCHLEGEL

ISBN : 2-02-036235-X

Une [...] manifestation des Temps Modernes est le dépouillement des dieux. [...] Le dépouillement des dieux, c'est la vacance par rapport à Dieu et aux dieux. [...] Cependant, le dépouillement des dieux exclut si peu la religiosité, que c'est plutôt avec lui seulement que le rapport aux dieux se mue en vécu religieux. Quand les choses en viennent là, les dieux disparaissent. Le vide qui en résulte est alors comblé par l'exploration historique et psychologique des mythes.

Martin Heidegger [1]

1. Martin Heidegger, « L'époque des "conceptions du monde" », *Chemins qui ne mènent nulle part*, trad. Wolfgang Brokmeier, Paris, Gallimard, 1962, p. 100-101.

À Jeremy Hayward,
qui le premier m'a montré la présence réelle et vive des dieux et a ainsi dessillé mes yeux aveuglés par une conception trop abstraite du bouddhisme.

À Robin Korman,
qui par sa liberté de pensée et sa curiosité toujours plus vives et précises ne cesse d'œuvrer pour que le dharma en Occident devienne un véritable chemin vivant. Son exemple, son aide enthousiaste, ses conseils et ses explications ont été décisifs dans la rédaction de cet ouvrage.

À François Fédier,
qui en me faisant apparaître que toute parole n'est vraie que si elle garde contact avec ce qui est en vue, avec la chose telle qu'elle est, m'a montré ce qu'est la pensée véritable.
Que ce soit dans sa salle de classe, en khâgne, au lycée Pasteur à Neuilly, qu'il m'a été donné de contempler le visage occidental du divin en prenant en considération la présence des dieux grecs dans leur présence la plus pleine (et dans le même temps dans leur retrait le plus poignant) n'est pas un des moindres paradoxes de la vérité de notre époque avec laquelle cet ouvrage tente d'être en rapport.

Ce petit livre n'a essayé que de rendre compte de ce qu'ils m'ont montré.
À une époque marquée par le nihilisme, puisse la tradition toujours vivante du bouddhisme tibétain aider les êtres sentants à retrouver le chemin vivifiant de la présence des dieux sans laquelle il n'est pas d'existence humaine pleinement accomplie.

REMERCIEMENTS

Je voudrais remercier ici Charles Dupêchez, Matthieu Ricard et Bruno Tyszler qui ont bien voulu relire cet ouvrage et veiller, par leurs suggestions et corrections, à ce qu'il prenne une forme plus juste et plus parfaite. Merci encore à Sébastien Doerler pour les ressources sur la tradition Bön* qu'il a bien voulu me communiquer et m'expliquer avec l'enthousiasme qui est le sien.

* Pour une meilleure compréhension de certains termes se reporter au glossaire en fin d'ouvrage. Pour les mots tibétains nous avons utilisé une transcription phonétique libre adaptée aux lecteurs français. Pour les mots sanscrits, en revanche, à l'exception des mots *bouddha* et *bodhisattva* entrés dans l'usage courant, nous avons gardé leur translittération : le *u* se prononce *ou* (ex. guru) ; le *e* se prononce *é* (ex. deva) ; le *s* se prononce *ch* (ex. Atisa) ; le *c* se prononce *tch* (ex. cakra) ; le *j* se prononce *dj* (ex. puja).

Merci à Philippe Cornu et Jérôme Ducor pour leur aide à déterminer une orthographe cohérente pour les termes étrangers.

Introduction

Le Tibet, un carrefour d'influence spirituelle

Le Tibet est une contrée aride, dont les plaines principales se situent à plus de quatre mille mètres d'altitude. Des vents glacés y laminent un paysage dénudé. Les températures sont basses et restent longtemps au-dessous de zéro. Les pluies sont rares. La mousson indienne ne peut franchir la barrière himalayenne, et c'est uniquement la neige des sommets qui alimente les grands fleuves.

Les Tibétains ont toujours appelé leur pays *Bo*, ajoutant parfois le mot *Khawajen*, qui veut dire le « pays des Neiges ». Longtemps ce fut un pays de guerriers qui fit trembler l'Asie, bravant les armées chinoises, turques ou arabes. Puis, avec l'introduction du bouddhisme, le Tibet des guerriers est devenu celui des moines, et les forteresses ont laissé place aux monastères [1]. Le bouddhisme qui est venu d'Inde n'a sans doute été connu que très localement dans les temps reculés. Le bouddhisme n'atteignit le Tibet véritablement qu'au Ve siècle après J.-C., lorsque le roi Lhathori Nyéntsèn fit venir dans son pays les premiers recueils des paroles du Bouddha. Toutefois, ce ne fut vrai-

1. Nous restituons ici l'histoire tibétaine telle qu'elle est retracée par les bouddhistes. Cependant pour certains maîtres et certains historiens l'idée d'un monde de barbares devenant sages est une légende. Il existait déjà une source de sagesse profonde au Tibet avant l'arrivée des bouddhistes. Voir Namkaï Norbu, *Le Collier de gZi, une histoire culturelle du Tibet*, Saint-André-de-Majancoules, Communauté Dzog-chen France pour la traduction française, 1991.

ment qu'à l'époque des rois Songtsèn Gampo (617 ?-650) et Trisong Détsèn (742-797 ?) que les enseignements bouddhistes se répandirent dans tout le pays. Le bouddhisme a ainsi commencé à se répandre timidement du VIIe au IXe siècle, puis s'est épanoui à partir des Xe et XIe siècles. Il s'est d'abord opposé aux formes religieuses locales. Puis, à mesure qu'il s'est implanté, certaines divinités proprement tibétaines ont été intégrées au panthéon bouddhiste. Il a ainsi joué un rôle de plus en plus central dans la vie du pays. En témoigne le nombre d'ermites et de moines bouddhistes : on estime qu'au début du siècle un homme sur quatre vivait dans un monastère.

Par un effet paradoxal de l'histoire, le bouddhisme indien disparut de l'Inde au XIIe siècle, éradiqué par l'Islam qui s'étendit de l'Afghanistan au Bengale. Mais, avant de disparaître de l'Inde, le bouddhisme avait pu être transmis tout au long de la route de la soie. L'ensemble des mythes tibétains se retrouve donc en fait dans tout l'Himalaya, du Ladakh au Népal en passant par le Bhoutan.

Le mythe comme constitution politique

Le Littré donne parmi les définitions du mot mythe : « Récit relatif à des temps ou à des faits que l'histoire n'éclaire pas, et contenant [...] un fait réel transformé en notion religieuse [...]. » Le Tibet va ainsi penser son histoire politique de manière mythique. Les premiers rois qui ont fait l'unité du pays vont être considérés comme des personnages célestes. Au fil des siècles, les bardes et autres conteurs assureront la cohésion mythique de ces différentes dynasties.

Le premier roi, Nyatri Tsenpo, est descendu du ciel [1]. Ses

1. Patrul Rinpotché présente ainsi le mythe d'apparition du premier roi : « À l'époque du Bouddha, il n'y avait pas d'humain dans cette région. Plus tard, la race humaine s'y développa à partir d'un singe manifesté par le sublime Tchenrézi et d'une démone des rochers. Alors

armes ont un pouvoir magique : son armure s'enfile d'elle-même, sa lance et son épée frappent toutes seules, son bouclier tient par son seul pouvoir. Le roi ne meurt pas, mais réintègre le monde divin par une corde lumineuse (la corde *mou*) qui le relie au ciel[1]. À sa mort, son corps transformé en arc-en-ciel remonte dans son domaine originel, l'espace où l'attend sa tombe céleste.

Drigoum Tsenpo, un des rois de la génération suivante, est d'un caractère belliqueux. Aveuglé par son orgueil, il livre un combat aussi symbolique que physique contre Lo-Ngam, le roi d'un domaine voisin. Lo-Ngam l'emporte par ruse, en faisant en sorte que les divinités protectrices du roi l'abandonnent. Dans ce combat, Drigoum tranche lui-même la corde divine. Son cadavre étant resté sur terre, il a fallu pour la première fois accomplir des rites funéraires et construire une tombe.

Aux rois célestes succèdent les rois de l'espace intermédiaire, puis enfin ceux des générations terrestres. On retrouve ici un point commun à toutes les cultures

---

que ce pays était livré à lui-même, sans religion, ni loi, ni chef, le roi indien Satanika eut un fils. Les mains et les pieds de l'enfant étaient palmés comme ceux d'un cygne et ses paupières se fermaient vers le haut comme celles d'un oiseau. Le père pensait qu'il s'agissait certainement d'un enfant non humain, déclara qu'il valait mieux l'exiler. Quand son fils eut un peu grandi, il le chassa. Poussé par le karma, le fils erra de-ci de-là et finit par arriver au Tibet. Il y rencontra quelques bergers qui lui demandèrent d'où il venait, qui il était. Comme il pointait son doigt en direction du ciel, les bergers pensèrent que c'était un dieu de l'empyrée. Tous, chargeant de la terre et des pierres sur leur nuque, lui fabriquèrent un trône et firent de lui leur chef », *Le Chemin de la grande perfection*, trad. Comité de traduction Padmakara, Saint-Léon-sur-Vézère, Éditions Padmakara, 1997, p. 398.

1. « Dans les rituels, la corde et l'échelle royales sont devenues un symbole de la relation entre le ciel et l'homme. La corde des mou [dieux du ciel] a une fonction capitale dans les rituels populaires, par exemple dans les rites de la naissance et du mariage. Dans chacun de ces rites, une ficelle de couleur bariolée est attachée sur le sinciput, signifiant l'origine divine de l'homme. En vertu de ce rite, chacun possède ainsi une corde pour remonter au ciel », Samten G. Karmay, « L'apparition du petit homme tête-noire », Paris, *Journal asiatique*, 1986, p. 89.

humaines, celui d'un âge d'or qui appartient au passé[1].

Les mythes racontent que le bouddhisme fut alors introduit au Tibet grâce à un coffret miraculeusement tombé du ciel sur le toit du palais royal et qui contenait deux textes bouddhistes ainsi qu'une stèle gravée d'une formule sacrée invoquant le héros pour l'éveil (bodhisattva) de la compassion Avalokiteshvara et un reliquaire d'or[2].

Un des points communs de tous ces mythes est que les Tibétains s'y décrivent eux-mêmes comme des êtres incultes et grossiers, le pays des « têtes-noires ». Leur conversion au bouddhisme est un don précieux, qui les libère de la barbarie.

À mesure que le bouddhisme s'implante, se développe ainsi la croyance que le bodhisattva Avalokiteshvara est la divinité tutélaire du Tibet. Ce dernier aurait fait le vœu en des temps anciens de conduire les Tibétains, peuple rustre, vers l'éveil spirituel. Le peuple des pratiquants, qui regrettaient que le Bouddha ne soit pas venu au Tibet et ait laissé leur pays dans l'obscurité et l'ignorance, n'avaient donc pas été complètement abandonnés.

Puis peu à peu les Tibétains vont reconnaître dans leurs chefs des êtres spirituels, et vont même reconsidérer leurs rois ancestraux comme des émanations des bodhisattvas.

Les Dalaï-Lamas s'inscrivent dans la continuité de cette conception mythique du gouvernement. En effet, ils ne sont pas considérés comme des hommes ordinaires, mais comme l'émanation même d'Avalokiteshvara, et, de ce point de vue, on peut dire qu'ils sont des dieux vivants qui maintiennent la cohésion du pays.

Un panthéon complexe

Toute civilisation repose sur un certain nombre de mythes. Les mythes tibétains ont pour base un panthéon de dieux

1. Notre culture est la seule où l'on a tourné le dos à cette idée, dans le souci de faire table rase du passé, et d'être uniquement tourné vers le futur.

2. Laurent Deshayes, *Histoire du Tibet*, Paris, Fayard, 1997, p. 41-48.

d'une grande richesse. La notion de dieu prend chez eux une forme spécifique d'une très grande profondeur. On distingue ainsi le bouddha Sakyamuni, être historique ; le Bouddha principe cosmique dont les qualités sont indicibles, inimaginables et dépassent toute élaboration conceptuelle ; sa quintuple manifestation (ou *jina*) ; les héros pour l'éveil (ou bodhisattvas) qui renoncent à atteindre l'état de Bouddha en raison de leur volonté d'aider tous les êtres sensibles ; les dieux qui sont des supports de méditation (ou *yidam*) et, enfin, les dieux mortels qui habitent, le plus souvent, des lieux géographiques précis. Cette distinction entre classes de dieux, qui va constituer une part importante de la réflexion de notre ouvrage, est essentielle à comprendre, car, malgré sa complexité, elle seule permet de voir le visage singulier des mythes tibétains.

Nous reconnaissons volontiers le caractère paradoxal de nommer dieux tous ces êtres, alors que le bouddhisme distingue précisément les *deva*, les *lha*, les bouddhas et les yidam. Mais commencer par de telles distinctions risque de mettre à distance une expérience fondamentale, voire la recouvrir sous un ensemble de concepts. Nous avons donc choisi *provisoirement* d'employer le terme de dieux pour l'ensemble de ces êtres non humains, parce que tous présentent une figure du divin, et que seul ce mot le suggère aussi clairement à notre esprit.

La résistance à les nommer des « dieux » vient de la spécificité de leur nature propre au sein de la pensée du bouddhisme tibétain. Mais le terme « dieu » est précisément très ouvert ; il n'affirme rien de la nature de son mode d'être. Ce mot vient d'une racine indo-européenne *dei- « briller », qui, élargie en *deiwo- et en *dyew-, a servi à désigner le ciel lumineux considéré comme divinité et les êtres célestes, par opposition aux hommes, terrestres par nature [1].

De plus, remarquons que par la seule existence de ses propres mythes, le bouddhisme ne peut pas, comme le

1. Jacqueline Picoche, *Dictionnaire étymologique du français*, Paris, Les Usuels Robert, 1994, p. 150.

prétendent certains, être athée, c'est-à-dire « être délaissé par le divin ». Le visage de ce divin prend seulement chez lui une autre forme que dans le christianisme, que dans la Grèce antique ou chez les Celtes[1].

Il est temps de prendre le bouddhisme au sérieux, de le délivrer d'une gangue de bons sentiments qui sous prétexte d'en présenter une image qui corresponde à notre « modernité » le rend d'une grossièreté dangereuse.

Importance de la dimension mythique

Alors que les ouvrages traitant du bouddhisme tibétain sont légion aujourd'hui, rares sont ceux qui tentent de présenter les mythes et les dieux qui le constituent. Le bouddhisme est ainsi souvent réduit à n'être qu'une thérapie permettant d'affronter la vie moderne et son stress. Le pratiquant bouddhiste, comme celui de nombreuses religions, recompose à sa guise, au nom de l'individualisme moderne, sa propre religion. Mais la dimension mythique ne peut être réduite à la mesure de la conscience individuelle. Comme l'écrivait Nietzsche : « La théorie de la volonté libre est antireligieuse. Elle prétend donner à l'homme un titre pour se penser comme cause de ses états et de ses actions sublimes : c'est une forme de la vanité croissante[2]. »

Il nous est difficile de comprendre la nature du mythe, tant notre conception habituelle dépend de cette vanité qui trouve son apogée dans notre croyance en la vérité des seules conceptions scientifiques, ou celle encore plus limitée du progrès constant et général de l'humanité. De ce point de vue, la « mythologie[3] » n'est pour nous qu'une

1. Par exemple, à la différence de la religion chrétienne, les dieux bouddhistes ne sont donc pas l'objet de foi, ni de croyance.

2. Nietzsche, *Volonté de puissance*, p. 288.

3. La mythologie est une « rationalisation passablement savante de l'expérience dont elle est *dérivée* », écrit à juste titre Henri Cretella, « La théologie de Heidegger », *Études heideggeriennes*, Berlin, Duncker & Humblot, 1995, p. 14.

tentative naïve pour donner un sens au monde. Elle nous apparaît aujourd'hui comme une simple manière de penser des « hommes primitifs » pour atteindre une vérité, que nous avons, grâce à la science et à ses explications rationnelles, réussi à réfuter. Nous pensons n'avoir plus besoin de cet « imaginaire ». Pourtant, comme l'écrit Walter F. Otto [1], qui a étudié les mythes grecs avec un sérieux jusqu'ici sans égal, c'est « cela qui fait justement partie des caractéristiques du mythe, par opposition à tout ce que nous attribuons à l'imagination, son apparition exclut toute puissance propre de l'esprit humain, qu'elle soit arbitraire ou non [2] ». Les mythes ne sont pas des fables, mais des témoins de la rencontre de l'homme et du dieu.

Pour comprendre ce qu'est un mythe, il faut remonter à sa définition grecque, parce que c'est là qu'elle apparaît comme telle. Or le mot *mythos* comme le mot *logos* ont le même sens : la parole ! (Tant pis pour ceux qui ne cesse d'opposer le mythe, comme une fable pour enfants et primitifs, à la rationalité !)

La parole est pensée comme ce qui détermine l'être humain en tant que tel. Mais alors que le *logos* est la parole pensée, sensée, le *mythos* est la parole qui fait autorité. À l'origine le *mythos* est la parole vraie qui ne laisse

---

Voir aussi René Guénon, entre autre : la « mythologie [...] telle que l'entendent les modernes n'étant rien de plus qu'une étude entreprise "de l'extérieur"... », *Aperçus sur l'initiation*, Paris, Éditions Traditionnelles, 1992, p. 120.

Il est préférable de tenter de prendre en compte l'expérience même du divin que de tenter de constituer une mythologie, qui jamais ne sera assez près des choses telles qu'elles sont.

1. Ses livres, comme le précise très justement François Vezin, dans sa traduction de *Séjour* de Martin Heidegger (Paris, Éditions du Rocher, 1992, p. 102), comptent parmi les chefs-d'œuvre de la théologie au XXe siècle.

2. Walter F. Otto, « La percée jusqu'au mythe », *Essais sur le mythe*, trad. Pascal David, Paris, TER, 1987, p. 11.

pas subsister le moindre doute, la parole du témoin invoqué, tandis que le *logos* signifie la parole mûrement réfléchie, donc propre à convaincre. Le *logos* n'est donc pas un progrès, ni une avancée par rapport au mythe. Le mythe est avant tout l'éclat né de la venue du dieu. Un tel éclat est pensé et vécu dans le bouddhisme comme l'union de la vacuité, de la luminosité et de la compassion.

Le mythe saisit l'homme tout entier et donne figure à son attitude dans l'existence. Il l'oriente. La difficulté est, pour nous, lorsque nous étudions ces mythes avec lesquels nous ne sommes pas familiers, de ne pas réduire ce qui apparaît à quelque chose que l'on puisse, par avance, expliquer. Il faut au contraire que notre parole prenne encore ce qui apparaît comme ce qui apparaît, dans toute sa dimension épiphanique. Au lieu de réduire le mythe à un sens précis qu'il « illustrerait », la tâche est de faire apparaître la force du mythe dans sa dimension propre.

Les dieux ne sont pas des archétypes résidant dans le fond de la conscience humaine, ils ne sont pas des projections, ils ne sont pas des puissances abstraites, mais des êtres d'une incroyable réalité, même si leur modalité d'être est différente de la nôtre. C'est en tout cas comme cela que les hommes du temps d'Homère, comme ceux du pays des Neiges – et comme au fond tout être humain –, en ont témoigné. Sans tenter de rester fidèle à une telle expérience, tout discours sur un tel sujet n'est qu'un bavardage, même s'il est ingénieux. Comme l'écrivit Martin Heidegger : « Le rapport de l'homme à Dieu et au divin est "la plus haute force" de l'homme, ce qui ne veut pas dire pour autant qu'il existe un Dieu ou des dieux comme il existe des pierres, des arbres et des cours d'eau[1]. » Les dieux sont manifestes et le sont même plus que tout autre étant.

1. Martin Heidegger, *Nietzsche*, cité et traduit par Jean Beaufret, dans *Leçons de philosophie*, Paris, Éditions du Seuil, 1998, t. 2, p. 268, édition établie par Philippe Fouillaron.

L'absence de nature propre des dieux dans le bouddhisme tantrique

Si notre livre tout entier est une tentative de faire apparaître le visage des différentes classes de dieux dans le bouddhisme tantrique, pour éviter de flagrantes incompréhensions précisons ici la manière d'être des dieux.

Il faut d'abord remarquer que ces derniers peuvent être à plusieurs endroits à la fois. Ils n'ont pas de nature propre qui leur soit inhérente. Les bouddhistes ne sont pas théistes, ils ne croient pas en l'existence d'êtres continus et éternels, séparés d'eux.

En ce sens, il n'est pas adéquat de parler d'entités pour les dieux, car une telle notion limite l'étendue de cette expérience. Ce terme d'entité est marqué par le langage solidifié des projections égotiques qui ne voit pas une telle présence comme elle est véritablement.

Si le théisme et le non-théisme sont face à la même réalité, ils n'en ont pas la même compréhension. Pour les bouddhistes, qui sont non théistes, la réalité est très ordinaire, alors que pour les théistes, elle est quelque chose de spécial. Autrement dit, il n'y a pas à proprement parler de surnaturel dans la conception bouddhiste, parce que cette distinction – entre surnaturel et naturel – n'est pas présente dans cette tradition.

Ainsi non seulement la nature des dieux est tout autre que celle qui existe chez nous, mais elle est, comme nous y reviendrons, vide, mais en plus son mode d'action est différent. Les dieux bouddhistes sont animés par un souci altruiste qui est constitutif de leur nature généreuse. Ils sont bienfaisants, même s'ils peuvent apparaître sous une forme courroucée et détruire si cela est nécessaire. Leur pouvoir est *limité*, car ils n'ont pas la capacité de sauver qui que ce soit ; chaque être étant responsable de sa destinée. Au mieux les dieux peuvent-ils l'aider, lui rappeler sa liberté et sa dignité si celui-ci s'ouvre à la dimension plus vaste où ils demeurent.

« Les dieux ne relèvent ni d'une invention, ni d'une création de l'esprit, ni d'une représentation, mais ils peuvent seulement relever d'une expérience[1]. » Mais dans quelle expérience le divin est-il présent ? Dans une expérience dans laquelle il y a déjà un se-tourner-vers, sans lequel rien ne vient en face. Un tel se-tourner-vers est inséparable d'un lâcher-prise véritable de toute crispation sur un « moi ».

La barbarie de notre époque vient du fait qu'au nom d'un cynisme de bon ton, teinté d'un rationalisme qui n'est qu'une caricature d'un véritable rapport à la raison comme *logos*, on en soit arrivé à considérer tout rapport réel aux dieux comme insensé.

Et ainsi les ouvrages qui expliquent comment les hommes ont créé les dieux pullulent. Voilà exactement ce qui est inacceptable. Les hommes n'ont pas créé les dieux : « C'est un préjugé de l'histoire et de la philologie, hérité du rationalisme moderne sur la base du platonisme, que de croire que le *mythos* ait été détruit par le *logos*. Le religieux n'est jamais détruit par la logique, mais toujours uniquement par le fait que le Dieu se retire[2]. »

Le malheur de la pensée d'aujourd'hui est d'être bien trop souvent rigidifiée en un ensemble de propositions déterminées et fixes, quand elle n'est pas réduite encore plus simplement à une compilation d'informations.

L'enjeu de notre travail est tout autre : il est une invitation à se mettre en chemin pour trouver le site même du rapport aux dieux dans le bouddhisme du Vajrayana – non comme une doctrine particulière que l'on pourrait comparer à d'autres, mais comme rapport vivant qui engage l'entièreté de chaque pratiquant lorsqu'il s'engage dans cette tradition spirituelle authentique.

1. Walter F. Otto, *L'Esprit de la religion grecque ancienne, Théophania*, trad. Jean Lauxerois et Claude Roëls, Paris, Berg International, 1995, p. 23.

2. Martin Heidegger, *Que signifie penser ?*, trad. Aloys Becker et Gérard Granel, Paris, PUF, coll. « Épiméthée », 1959, p. 29.

L'auteur a été initié dans les écoles Kagyü et Nyingma. Il se peut donc que ce texte qui présente les mythes et les dieux tibétains reflète parfois plus précisément les caractéristiques de ces deux écoles. On n'y verra aucune partialité, tant chacun des différents courants spirituels présente la perfection de la doctrine bouddhiste, mais la simple conséquence de la plus grande familiarité de l'auteur avec ces deux traditions.
Nous n'avons pas voulu dans les limites étroites de cet ouvrage prétendre à l'exhaustivité. Il existe de même un nombre important de déités. Nous avons dû nous limiter et choisir chaque fois quelques exemples représentatifs.

Le bouddha Sakyamuni

CHAPITRE I

Le bouddha Sakyamuni, les bouddhas cosmiques et les bodhisattvas

A. Du Bouddha historique au Bouddha cosmique

Dans les mythes tibétains, le Bouddha occupe la place centrale. Le Bouddha naquit vers l'année 563 avant notre ère. Il était le fils d'un prince de la lignée des Shâkya, nommé Suddhodana, dont le royaume s'étendait au pied de l'Himalaya, sur les lieux de l'actuel Népal. À l'époque, l'Inde telle que nous la connaissons n'existait pas ; c'était un amalgame de peuples, de coutumes et de croyances diverses.

Une nuit, la femme du prince, Maya, fit un rêve étrange qui la bouleversa au point qu'elle décida d'en faire le récit à son mari : « Un éléphant blanc comme de l'argent est descendu des montagnes, il est entré dans ma chambre en se prosternant devant moi ; dans sa trompe, il portait un lotus. La voix d'un oiseau m'a réveillée. Quel trouble merveilleux ! En vous l'expliquant, mon âme s'inonde d'émotion [1] », et elle ajouta qu'elle pressentait qu'elle serait bientôt mère. Le prince convoqua sur-le-champ les soixante-quatre grands sages brahmanes, férus d'astrologie et capables d'interpréter les rêves. Chacun arriva à la conclusion que la reine donnerait naissance à un enfant qui porterait les trente-deux marques d'un grand homme. Il deviendrait soit un Cakravartin, un monarque universel, soit un grand maître spirituel.

1. André Mignot, *Le Bouddha*, Paris, Le Club français du livre, 1958, p. 77.

Au bout de dix mois, la princesse Maya, sentant la naissance approcher, quitta, selon la coutume, le palais royal pour retourner dans sa famille. À la pleine lune de mai, dans le jardin de Lumbini, la reine, frappée par la splendeur de ce qu'elle voyait, s'arrêta. Après avoir fait quelques pas, la reine remarqua un arbre précieux dont les branches pliaient sous le poids des fleurs comme pour mieux se mettre à sa portée. Elle leva la main pour saisir une de ces branches, et, restant un moment immobile, mit au monde un enfant sans aucune souffrance. Il fut baptisé Siddhârta. À ce prénom fut ajouté Gautama, le nom du clan auquel la famille appartenait.

Sa mère, Maya, mourut sept jours après sa naissance, et l'enfant fut élevé par une tante maternelle, Prajatari, deuxième épouse de son père. Siddhârta Gautama se montra un enfant vif, intelligent et compatissant qui, délaissant tous les jeux d'enfants, ne cessait de méditer. Il passa ainsi les premières années de sa vie dans le gynécée, auprès de sa tante. Puis, à l'âge de sept ans, comme le voulait la coutume dans les familles nobles, il fut séparé des femmes et confié à la garde des précepteurs qui devaient l'éduquer. À l'école, l'enfant étudia avec une facilité surnaturelle.

En dépit de la vie heureuse que menait le jeune prince, une certaine mélancolie ne le quittait point. Le roi inquiet décida de marier son fils. Après une enfance protégée, il épousa donc à seize ans une jeune princesse, Yashodhara. Ils eurent un fils qu'ils nommèrent Rahula.

Son père, désirant que son fils soit un monarque et non un bouddha, et ayant appris qu'il n'abandonnerait le monde qu'après avoir vu un vieillard, un malade, un cadavre et un moine, le maintenait dans une retraite luxueuse, tâchant de lui faire ignorer l'existence même de la souffrance et de la mort.

Mais lors d'une promenade, et malgré la décision du roi de décorer la ville afin que rien ne vînt attrister ses yeux, Siddhârta vit un homme qui ne se réjouissait pas comme les autres. Son cocher dut lui expliquer que c'était à cause de la vieillesse qui touche tous les hommes : « Cet homme,

Seigneur, est accablé par la vieillesse, ses organes sont affaiblis, il est privé de force et d'énergie, incapable d'agir, il est relégué dans la forêt comme un morceau de bois. »

Siddhârta l'interrogea encore, bouleversé :

« Est-ce là une condition spéciale à sa famille ou bien est-elle commune à toute l'humanité ?

– Ce n'est, Seigneur, ni une loi spéciale à sa famille ni une loi du royaume ; chez tous les êtres, la vieillesse succède à la jeunesse. Vos parents, la foule de vos amis, tous finiront ainsi. Il n'y a pas d'autre voie pour les êtres. »

Lors d'une deuxième sortie, il rencontra un malade, puis une autre fois, il vit un cadavre. Il comprit que personne ne pouvait échapper ni à la vieillesse, ni à la maladie, ni à la mort. Comme le dira le Dhammapada, 144 : « Quel sujet de joie y a-t-il dans ce monde ? Entourés de ténèbres, ne chercherez-vous pas une lampe ? »

Le désir d'allumer cette lampe va dès lors habiter Siddhârta qui, selon les idées de son temps, ne conçoit pas la recherche de l'illumination spirituelle sans l'abandon préalable de toute attache.

Se rendant à la campagne pour réfléchir, il vit un moine errant, vêtu d'une longue robe jaune safran, dont le visage resplendissait. Ce moine errant lui dit que, effrayé par les souffrances de toute vie humaine, il s'était réfugié dans la forêt pour chercher le bonheur en renonçant aux vanités du monde.

Siddhârta décida à son tour de quitter son palais, et prévint son père de son intention. Celui-ci refusa et fit renforcer la garde pour le retenir auprès de lui. Mais Siddhârta réussit à s'enfuir : il avait vingt-neuf ans.

Il suivit les enseignements de différents maîtres, mais ceux-ci ne le conduisirent qu'à des états d'extase inconsciente.

Il s'adonna ensuite aux mortifications les plus extrêmes, au jeûne, à la suspension du souffle, essayant ainsi de supprimer tout désir pour finalement comprendre, après six ans de cette discipline excessive, que cette voie ne résolvait rien. Il abandonna alors la voie de l'ascétisme et ses compagnons. Il se rendit dans le hameau voisin, à Bodhgaya, et recommença à s'alimenter. Il médita sous un arbre sacré. Il décida de ne pas bouger avant d'avoir atteint l'éveil, et pour cela d'observer son esprit.

Ayant atteint l'éveil, il hésita à faire part de son expérience avant de décider d'enseigner le reste de son âge. À quatre-vingts ans, il mourut intoxiqué par un aliment avarié, un morceau de porc, dit-on.

Il existe de nombreuses discussions parmi les historiens pour savoir quel était le Bouddha historique véritable. Était-il considéré par ses disciples comme un homme, et le bouddhisme comme une religion rationnelle sans rituel fondée sur la seule pratique de la méditation ? Est-ce qu'une telle interprétation n'est pas erronée, provenant de préjugés selon lesquels les icônes, le culte des saints sont des inventions tardives destinées à la multitude qui a besoin d'avoir quelque chose à adorer ?

En effet, les recherches récentes ont démontré que le culte des reliques date des premiers temps. Il faut reconnaître que le Bouddha est à la fois un être humain et un être divin. Ne regarder qu'un des aspects de ce qu'il est, c'est manquer le propre de son existence.

La révolution du Mahayana

En tout cas, la perspective du Mahayana, ou Grand Véhicule, qui se développe progressivement entre 150 av. J.-C. et 100 apr. J.-C., présente de manière très subtile cette nature divine du Bouddha.

Cette approche va insister sur l'origine virginale de la naissance du Bouddha. À sa naissance, accueilli par Indra et Brahmâ avec une pluie de fleurs, il se lève, fait sept pas et proclame qu'il est l'être le plus glorieux du monde et qu'il renaît pour la dernière fois. L'univers tout entier se transfigure et resplendit dans la lumière.

Le Bouddha prend des proportions cosmiques. Une telle

transformation de la conception de sa nature s'explique par ses enseignements, et tout particulièrement par ceux qui portent sur la notion de causalité. La loi du karma explique ainsi que chaque acte produit un fruit, si l'on fait quelque chose de bien le résultat en sera positif, si l'on pratique avec diligence, on aura une existence heureuse. Lorsque ses disciples lui demandent comment atteindre un état semblable au sien, il répond que c'est le résultat de sa seule pratique. Voyant à quel point le Bouddha est quelqu'un d'impénétrable, ils en déduisent que sa pratique a dû être incroyablement difficile et longue. Puisque son état d'éveillé est à ce point profond, il est sans conteste un être au-delà des limites ordinaires, il est le Bouddha depuis des temps immémoriaux.

Dans *Le Sûtra du Lotus,* un des ouvrages majeurs du Mahayana, qui fut rédigé à partir du Ier siècle de notre ère [1], le Bouddha affirme même : « Dans tous les mondes, les dieux, les hommes et les asura pensent tous que l'éveillé Sakyamuni de notre temps a quitté le palais du clan des Sakya pour s'en aller non loin de la ville de Gaya s'asseoir au lieu de la Voie et qu'il y a obtenu l'éveil complet et parfait sans supérieur. Or, fils de bien, cela fait d'innombrables, d'infinis milliers de millions, de myriades et de milliards d'éons que je suis réellement devenu éveillé [2]. » Selon le Mahayana, Sakyamuni est un être transcendant, venu sur terre pour enseigner aux fidèles à un moment historique donné. Il est descendu du ciel pour montrer, à la fois aux hommes et aux dieux (les *deva*), comment se libérer de la souffrance. Dans cette perspective, sa naissance et son éveil sont perpétuels. Son apparence humaine n'est qu'une illusion pour guider graduellement les êtres vers la libération.

Cet être parfait avait déjà vécu cent mille vies. Il avait été tantôt homme, tantôt femme et même parfois animal.

1. Jean-Noël Robert, *Le Sûtra du Lotus*, trad. du chinois, Paris, Fayard, 1997, p. 12.
2. *Ibid.*, p. 281, 282.

Chacune de ces existences lui avait donné l'occasion de développer les qualités morales et spirituelles indispensables pour devenir un bouddha. Des textes édifiants, au nombre idéal de cinq cent quarante-sept, nommés les Jataka (« naissances »), content les existences antérieures qui auraient progressivement mené le futur Bouddha à l'état ultime de sa dernière vie. On y relate que le Bouddha fut, entre autres, singe, coq, lion, gazelle, cerf, éléphant, poisson, crabe...

D'après l'un de ses récits, alors que jeune prince il se promenait dans une forêt, « il découvrit une tigresse si affaiblie par la faim qu'elle ne pouvait plus nourrir ses petits. Envahi par une compassion irrésistible, il lui offrit sa propre chair. Mais la tigresse n'avait plus assez de force pour manger. Il se trancha alors les veines et lui fit boire de son sang. Puis, dès qu'elle eut recouvré quelque vigueur, il lui abandonna son corps [1] ».

Mais la conception de la bouddhéité comme résultat d'une succession de vies multiples est encore trop étroite dans la perspective du Mahayana. Le Bouddha opère à un tel niveau cosmique que son corps peut apparaître dans une forme glorieuse et remplir de ses rayons lumineux tout l'univers. Le Mahayana abandonne ainsi les approches liées à la désarticulation du relatif, pour affirmer l'expérience possible de l'absolu, que manifeste le Bouddha. Se met ainsi en œuvre une nouvelle cosmologie centrée sur le Bouddha en tant qu'être glorieux.

Le bouddhisme dresse la liste des signes de sa perfection : il est décrit comme possédant dix-huit caractéristiques qui sont tout à fait différentes de celles d'un être ordinaire, et, physiquement, il possédait les trente-deux marques d'un grand homme.

Deux autres changements cruciaux constituent la « révolution » du Mahayana. D'abord l'idéal du pratiquant cesse

1. Dilgo Khyentsé, *Trésor du cœur des êtres éveillés*, trad. Comité de traduction Padmakara, Paris, Éditions du Seuil, 1996, p. 36.

désormais d'être l'*arhat*, le « saint complètement délivré » qui n'est concerné que par son propre salut et y atteint par un effort constant de discipline et de méditation, mais devient le bodhisattva, le saint rayonnant qui fait le vœu de demeurer dans le samsara, ou cycle des existences, afin d'aider les autres êtres à se libérer de la douleur.

De plus le Mahayana développe une autre perspective sur la nature de la réalité : l'ensemble des phénomènes est dépourvu de nature propre et de caractères et, en conséquence, échappe à toute naissance comme à toute destruction. Ce véhicule va donc développer une pensée profonde de la vacuité, dont les deux doctrines principales sont le Madhyamaka et le Yogacara.

Cette puissante évolution des enseignements peut se comprendre par la classification des enseignements du Bouddha en trois cycles, nommés les trois mises en mouvement de la Roue de la Loi, représentant chacune un cycle d'enseignement.

La première mise en mouvement de la Roue de la Loi eut lieu dans le parc des Gazelles à Sarnâth, en présence des cinq moines (*bhikshu*) qui avaient autrefois étudié avec lui, mais l'avaient quitté, déçus de le voir renoncer à l'ascétisme. Le Bouddha leur enseigna les quatre nobles vérités et les trois marques de l'existence qui constituent le Hinayana[1].

La seconde mise en mouvement de Roue de la Loi eut lieu au pic du Vautour, à Gridhrakhuta, une montagne située à proximité de la ville de Rajagriha. Huit ans après son éveil, selon la tradition tibétaine, le Bouddha y enseigna *Le Sûtra du Lotus* et la *Prajna Paramita* qui présente la nature ultime de la réalité. Son auditoire était composé d'une assemblée d'êtres innombrables dont les facultés et les dispositions étaient conformes à l'enseignement du

1. Les quatre nobles vérités sont la vérité de la souffrance, de l'origine de la souffrance, la cessation de la souffrance et chemin de la cessation de la souffrance. Les trois marques de l'existence sont l'impermanence, la souffrance et l'absence d'ego.

Grand Véhicule, dont de nombreux deva et bodhisattvas.

Ce *corpus* nouveau d'enseignement ne vient pas remplacer le précédent, mais le prolonge. Il ne peut être compris qu'en s'appuyant sur le chemin de la renonciation et de méditation du Petit Véhicule.

Le Bouddha tourna la roue du dharma une troisième fois dans un grand et merveilleux palais céleste pour y présenter la doctrine de la vérité ultime. Une telle situation est en accord avec la caractéristique de cet enseignement qui présente l'aspect lumineux de toute réalité. Cet enseignement, qui va être présenté par l'école du Yogacara, porte sur les trois corps (*kaya*) qui vont constituer l'arrière-plan doctrinal de cette nouvelle conception du Bouddha.

B. Les trois corps ou dimensions de la réalité

Le Yogacara va ainsi distinguer trois corps du Bouddha qui sont autant de dimensions de réalité.

La dimension extérieure ou nirmanakaya

La dimension extérieure est la dimension première donnée par les cinq sens, ce que l'on nomme dans la philosophie occidentale le monde sensible.

La difficulté est que ce que la philosophie, en Occident, nomme « monde sensible »[1] est recouvert par un ensemble d'automatismes, que le bouddhisme nomme parfois pen-

1. La difficulté provient de notre habitude à opérer une distinction dualiste entre monde sensible et monde intelligible, monde des sens et monde de la pensée. Une telle distinction, voudrions-nous montrer, ne fait aucun sens dans ce contexte. Le monde ouvert du dharmakaya se manifeste jusqu'au nirmanakaya qui en est l'expression la plus pure. Il n'y a pas même de hiérarchie entre ces trois dimensions. Le problème n'est donc pas « la matière », mais l'ego qui obscurcit cet espace ouvert.

sée conceptuelle, ou le mental. Pour lui, la sensibilité est en relation avec l'espace le plus ouvert. Les perceptions sensorielles sont beaucoup plus vastes que la seule dimension immédiate du « monde sensible » et peuvent être l'expression même de l'universel.

Cette dimension sensible est souvent manquée, tant elle est limitée par nos préconceptions qui la figent. C'est ce que René Guénon dénonçait comme un des aspects les plus significatifs de la « crise du monde moderne » : « Pour les modernes, rien ne semble exister en dehors de ce qui peut se voir et se toucher, ou du moins, même s'ils admettent théoriquement qu'il peut exister quelque chose d'autre, ils s'empressent de le déclarer non seulement inconnu, mais “inconnaissable”, ce qui les dispense de s'en occuper[1]. »

Si, apparemment, nous avons tendance à réduire la réalité à cette seule dimension, en fait, nous ne rentrons en contact avec aucune de ces trois dimensions qui sont fondamentalement inséparables.

Le Yogacara nomme cette dimension *nirmanakaya*, que l'on traduit par « corps d'émanation », c'est-à-dire la multiplicité des manifestations que prend la réalité : « *Nirmana* signifie “mesurer, verser dans une mesure”. À ce niveau, toute la réalité est mise dans un cadre limité, compréhensible pour nous[2]. » Une telle réalité est une émanation naturelle, spontanée et libre de l'Ouvert.

La dimension ultime ou secrète ou dharmakaya

L'autre domaine extrême de la réalité est le monde de l'indifférencié – domaine où rien n'est formé, où aucune distinction n'a encore pris place. C'est l'espace de l'ouverture primordiale et de la non-dualité.

1. René Guénon, *La Crise du monde moderne*, Paris, Gallimard, 1973, p. 146.
2. H. V. Guenther, dans Chögyam Trungpa, *L'Aube du Tantra*, Paris, Albin Michel, 1982, p. 105.

Les enseignements bouddhistes nomment cette dimension le dharmakaya. *Dharma* signifie « toutes situations », « toutes normes », et *kaya* signifie corps ou forme. Le dharmakaya désigne ainsi le corps de la loi, le corps de la nature ultime : « Il n'est autre que l'ineffable domaine absolu, fondement ultime de l'existence[1]. »

La réalisation du dharmakaya vient de la libération des pensées à leur source, en reconnaissant qu'elle ne sont que les efflorescences qui émergent comme la force créatrice de la présence éveillée (*rigpa*). Lorsque les pensées, à mesure qu'elles surviennent, ont été libérées de sorte qu'elles ne laissent aucune trace, leur nature ultime, le dharmakaya, a été reconnue. Le dharmakaya est ainsi la nature ultime des pensées, tout comme l'éveil (*rigpa*) est en fin de compte la nature ultime de l'ignorance (*ma rigpa*).

« Le dharmakaya, écrit Kyabdjé Kalou, est l'aspect indéterminé de la nature de Bouddha. Il demeure en l'omniprésent palais du domaine infini, le dharmadhatu, embrassant et pénétrant tout, samsara comme nirvana, et transcendant toutes les catégories produites par l'esprit. Il est sans origine et sans fin, sans apparition, destruction, ni localisation[2]. »

La dimension intermédiaire ou sambhogakaya

Entre ces deux dimensions, il y a un immense spectre : le domaine intermédiaire. On pourrait décrire cette dimension comme l'espace où demeurent les dieux.

Le bouddhisme nomme cette dimension le sambhogakaya ou « corps de joie ». Chögyam Trungpa explique que la joie, dont on parle ici, ne s'oppose pas à la souffrance

1. Lilian Silburn, *Aux sources du bouddhisme*, Paris, Fayard, 1977 (rééd. 1997), p. 120.

2. Kalou Rinpotché, *La Voie du Bouddha*, Paris, Éditions du Seuil, 1993, p. 240.

ou à la douleur. Le sambhogakaya a ainsi plus exactement le sens de corps de stimulation. Le mot français « stimulation » vient de la racine *stig « piquer » qui donne « stimulus », « aiguillon », « excitation ». Toute situation est stimulée, poussée à l'extrême de sa vivacité. La joie est la vivacité de l'espace et de l'expérience : « Tous les types de perceptions sont expérimentés à partir de la stimulation qui vient du dharmakaya de l'origine. [...] L'expression se manifeste en termes de parole et de mouvement, expérimentant les perceptions sensorielles très clairement et précisément, et les comprenant comme elles sont [1]. »

Chögyam Trungpa décrit cette dimension comme étant la « lignée symbolique » : « ce type particulier d'ouverture est connu comme *da* [*brda*], la lignée symbolique [2] ». Les symboles en question ne prennent pas la place d'autres choses, mais sont des manifestations extraordinairement puissantes de l'espace primordial (*dharmadhatu*).

Le domaine du sambhogakaya se manifeste par l'existence, chez les dieux, d'un corps et d'une forme humaine. Ce qui est une nécessité pour que le divin devienne humain, comme le montre Walter F. Otto à propos des dieux grecs et qui reste valable bien au-delà : « En vérité quand la divinité vient avec un visage humain à la rencontre de l'homme, il ne s'agit pas d'une superstition : c'est bien plutôt le sceau d'une manifestation véritable [3]. » En effet, que le dieu prenne forme humaine, telle est bien la manifestation de sa générosité ou de sa compassion, sa manière de prendre soin des hommes. Par compassion, il ne faut pas entendre une décision volontaire et contingente prise par le divin, mais l'expression de sa nature même.

1. Chögyam Trungpa, *Vajrayana Seminary*, Halifax, Vajradhatu Publications, 1975, p. 34.

2. Chögyam Trungpa, *Collected Vajra Assemblies*, Halifax, Vajradhatu Publications, 1990, p. 64.

3. Walter F. Otto, *L'Esprit de la religion grecque ancienne*, *op. cit.*, p. 40.

Le divin a-t-il par nature forme humaine ? Le philosophe poète grec Xénophane affirmait que, si les bœufs et les chevaux avaient des mains et savaient dessiner, ils représenteraient les dieux sous formes de bœufs et de chevaux [1]. Le bouddhisme a développé sur ce point une réflexion semblable aux Grecs, et il accepte l'idée que les déités bouddhistes apparaîtraient sous d'autres formes si elles s'adressaient à d'autres êtres. Mais ces hypothèses sont purement théoriques et, au fond, d'une grande absurdité, car si les animaux avaient des mains et savaient dessiner, ils seraient des hommes !

Parmi tous les êtres vivants, l'homme seul est en rapport avec le divin.

Goethe a très justement reconnu cette spécificité de l'homme qui, prise en compte, transforme notre rapport aux dieux. Dans son essai *Sur la vache de Myron*, il écrit : « L'esprit et l'aspiration des Grecs consistent à diviniser l'homme, non à humaniser la divinité. C'est là un théomorphisme, non un anthropomorphisme [2]. » Le dieu a une forme humaine, parce qu'il est une manifestation du sambhogakaya, c'est-à-dire expression, « image » de l'invisible, et ainsi l'homme est conduit à cette dimension, appelé à se transformer en faisant face à sa propre nature.

Pour le bouddhisme, l'homme ne peut avoir rapport à la nature ultime de la réalité que de façon brève et incertaine. Pour établir une véritable confiance en la disponibilité de cette nature, le méditant a besoin d'une aide. Telle est la déité, une manifestation vide de l'espace vivant qui permet au pratiquant de se transformer en lui accordant son attention.

Cette dimension intermédiaire fut détruite par notre culture, ce qui explique notre réticence à la prendre en

1. Fragments des Présocratiques, I, fgt 15, p. 132, cité dans Walter F. Otto, *L'Esprit de la religion grecque ancienne*, *op. cit.*, p. 69.

2. Cité dans Walter F. Otto, *L'Esprit de la religion grecque ancienne*, *op. cit.*, p. 70.

compte. Françoise Bonardel a montré, dans ses travaux sur l'alchimie, comment on retrouve dans cette tradition cette attention pour cet espace intermédiaire, qui n'est donc nullement spécifiquement bouddhiste. En effet, dans la compréhension hermésienne, l'image n'est « ni reflet illusoire, ni seule forme parfaite, mais médiation entre les deux ; ce qui donnerait en même temps son sens à la formule fréquemment usitée par les alchimistes : spiritualiser les corps, corporéifier les esprits. Un hermétisme conséquent déboucherait ainsi sur la réalité de la transmutation, par la reconnaissance d'un espace de réflexion réciproque entre le ciel et la terre, le corps et l'esprit, la Nature et Dieu. En ce sens, l'hermétisme échapperait au dualisme métaphysique et serait à l'origine d'une ontologie visionnaire[1] ».

Non-séparation des trois dimensions

Dans la perspective bouddhiste, ces trois dimensions sont entièrement imbriquées l'une dans l'autre. C'est uniquement pour les décrire qu'on les sépare. C'est en raison de notre héritage platonico-chrétien que l'on tend à les voir comme des strates de réalités, alors qu'il n'en est rien. Elles sont, en fait, inséparables.

Une manière de faire comprendre cette unité est de prendre un exemple très simple : on peut voir ces trois dimensions, par exemple lorsque l'on regarde un bleuet. Si je le regarde comme fleur, je suis en rapport à la dimension extérieure. Lorsque je sens sa présence, c'est comme si d'un seul coup je le voyais véritablement, je peux presque alors dire que j'en perçois la vivacité irradiante ; ce qui est la dimension intermédiaire.

Enfin le fait de voir le bleuet, d'être en contact avec lui, d'être ouvert à lui de manière entière, peut chez certains

1. Françoise Bonardel, *L'Hermétisme*, Paris, PUF, coll. « Que sais-je ? », 1985, p. 49.

pratiquants créer un moment d'ouverture, libre de concept, un état de présence, que les tantra nomment le « continuel instant de non-fabrication[1] ». Telle est la dimension ultime.

Mais le défaut de cet exemple est qu'il sépare en trois moments ce qui pourtant peut être intégré en une expérience unique.

Les enseignements bouddhistes insistent sur le fait que, si l'on distingue trois espaces, l'espace est perçu fondamentalement et dans sa propre nature avec trois attributs. L'espace est vu comme dharmakaya, sambhogakaya et nirmanakaya.

De manière traditionnelle, dans sa présentation des trois kaya, Tulku Urgyen explique cette unicité : « L'essence vide, la nature connaissante et la capacité illimitée, ces trois aspects sont extrêmement profonds. Si la connaissance et la vacuité étaient limitées, la limitation entraînerait que seule serait la connaissance ou seule serait la vacuité. Tel n'est pas le cas ; la vacuité est connaissante, la connaissance est vacuité. De plus, aucun ne limite l'autre et cet état dégagé en lui-même émerge comme une capacité compassionnée[2]. »

La distinction des trois corps permet de comprendre la présence des dieux comme étant pleinement part du monde, et ce à quoi j'ai rapport constitutivement par ma nature d'être humain.

Ainsi apparaît la possibilité toujours neuve pour l'homme d'éprouver l'espace sans limite de sa propre nature que lui dévoile le dieu par son éclat sans compromission.

La pensée des trois kaya permet de penser le phénomène essentiel de « manifestation » de la divinité dans une forme sensible, phénomène auquel toutes les traditions spiri-

1. Tulku Urgyen, *Rainbow Painting*, Boudhanath, Rangjung Yeshe Publications, 1995, p. 85.

2. *Ibid.*

tuelles accordent une grande attention. Les hindouistes, et plus précisément la tradition vishnouiste, nomment ce phénomène *avatar* ou *avatara*, qui signifie littéralement « descente », ava- marquant le mouvement de haut en bas, et la racine *tr signifiant « traverser ». La notion chrétienne le nomme le miracle de l'*incarnation* au sens où *Verbum caro factum est*, « le Verbe s'est fait *chair* ». La conception bouddhiste désigne ce phénomène comme nirmanakaya, le fait d'être dans une *forme*.

Le mot nirmanakaya désigne en fait un corps magique, cet aspect magique provenant du fait qu'un tel corps est en fait illusoire, les bouddhas faisant comme s'ils avaient une forme alors qu'ils n'en ont pas. C'est pourquoi les sûtra du Mahayana insistent sur le fait que le Bouddha n'est jamais mort, il n'a pris un corps que pour enseigner aux êtres comment atteindre l'éveil.

C. Une diversité de bouddhas

Selon le Mahayana, Sakyamuni, le sage qui atteint l'éveil, n'est pas le seul bouddha, il est juste un bouddha récent, apparu à un moment donné : il y a deux mille cinq cents ans, dans un lieu précis, en Inde. En fait, dans la mythologie du Grand Véhicule un grand nombre d'autres bouddhas existent dans l'univers. Le Bouddha est ainsi non seulement divinisé, mais il est aussi dédoublé et multiplié : les bouddhas sont « aussi nombreux que les grains de sable sur les rives du Gange ». Ils demeurent dans diverses régions de l'univers. Les écritures indiennes en dénomment une multitude, et certaines traditions méditatives se sont développées pour les invoquer.

La mythologie du Bouddha est donc tout à fait singulière, car, tout en ayant des proportions cosmiques, le Bouddha n'est cependant pas un dieu créateur. Reculant à l'infini toutes les limites, le Mahayana voit en tout homme le germe de l'expérience du Bouddha, et substitue à la communauté des moines une communauté universelle qui se joue du temps et de l'espace.

À partir de là, il faut comprendre l'unité fondamentale de tous les dieux qui répondent tous à un principe suprême, la nature de Bouddha, qui est ouverture fondamentale avant toute possibilité de fermeture[1]. Tel est le sens même, dans le bouddhisme, du dharmakaya, source de toute manifestation – et qui est bien, comme nous l'avons montré, au-dessus de la dimension intermédiaire du sambhogakaya où demeurent les dieux.

Le bouddhisme affirme même que la nature de Bouddha, la nature de tous les bouddhas est inséparable de la nôtre. Alors que le Bouddha était sur son lit de mort, Ananda, son disciple le plus proche, lui demanda qui allait continuer son enseignement après sa mort. Le Bouddha lui répondit :

> Soyez votre propre lumière. Soyez votre propre refuge. Ne vous tournez vers aucun refuge extérieur. Tenez-vous à la vérité pour seule lumière. Tenez-vous à la vérité pour seul refuge. Ne cherchez refuge en nul autre que vous-même. Et ceux qui, après ma mort, Ananda, seront leur propre lumière, ceux qui ne se tourneront pas vers un refuge extérieur, mais, se tenant fermement à la vérité comme à une lampe, se tenant à la vérité comme à leur refuge, ceux qui ne chercheront refuge en nul autre qu'eux-mêmes, ceux-là atteindront les plus hauts sommets[2].

Ce texte est fondamental car il nous montre que le rapport aux dieux repose fondamentalement sur le dieu qui

1. En ce sens René Guénon peut écrire : « Toute tradition véritable est essentiellement monothéiste ; pour parler d'une façon plus précise, elle affirme avant tout l'unité du Principe suprême, dont tout est dérivé et dépend entièrement... », *Mélanges*, Paris, Gallimard, coll. « NRF », 1976, p. 27.

2. Cité dans Joseph Goldstein, *L'Expérience de la clarté intérieure. Un guide simple et direct de la méditation bouddhique*, Paris, Adyar, 1998, p. 154.

est en nous – ce qui est une autre manière d'indiquer le caractère non théiste du bouddhisme.

Samantabhadra et Vajradhara : le Bouddha primordial

Le bouddha du dharmakaya est le Bouddha primordial qui représente la qualité inconditionnelle de l'esprit d'éveil, au-delà de l'espace et du temps, au-delà de tout savoir concevable et de toute action réalisable.

Il va prendre deux formes principales selon les écoles du bouddhisme tibétain.

Selon l'école ancienne, celle des Nyingmapa, il est Samanthabadra (*Küntou Zangpo*). Il a la forme d'un jeune prince nu et d'un bleu si intense qu'il semble disparaître dans le ciel. Sa nudité et sa couleur symbolisent la simplicité fondamentale du dharmakaya.

Khenpo Thoubten explique :

> Quand nous pensons à Samantabhadra, il nous vient tout de suite à l'esprit l'image d'un être humain nu et bleu, mais ce n'est pas du tout cela. En fait, Samantabhadra n'a aucune forme. Samantabhadra signifie le tathagatagarbha, notre état naturel ultime.
>
> Si Samantabhadra n'a pas de forme, pourquoi le représente-t-on de cette manière ? Cette représentation formelle n'est que symbolique. Elle sert à nous faire pénétrer le sens de Samantabhadra. Le bleu, même si on y ajoute du blanc ou du noir, reste fondamentalement bleu. Cette couleur symbolise le caractère tout à fait non changeant de Samantabhadra, notre nature immuable.
>
> Le fait qu'il soit nu, sans habits ni ornements, indique qu'il est complètement libre de tout obscurcissement et de toute impureté. Le fait qu'on le représente avec son épouse blanche, symbolisant les apparences dans leur aspect ultime, signifie l'unité ultime des apparences et

Samantabhadra, le bouddha primordial
de l'école Nyingmapa

Vajradhara, le bouddha primordial
de la nouvelle école de traduction

de la vacuité, ou encore l'unité des moyens et de la connaissance, ou celle de la compassion et de la vacuité[1].

Selon la nouvelle école de traduction[2], le Bouddha, pour révéler les enseignements ésotériques des tantra, prit la forme de Vajradhara (*Dordjé Tchang*) dont le nom signifie « Celui qui tient le vajra », symbole de la stabilité et de l'indestructibilité de sa nature réelle et primordiale. Vajradhara est représenté tenant dans ses mains une cloche, symbole de la connaissance, et un vajra, symbole des moyens habiles mis en œuvre pour aider à développer cette connaissance.

Ce Bouddha, quel que soit son nom, est la manifestation la plus ultime de la vérité pure et parfaite, de laquelle proviennent tous les enseignements. Il est le sixième Bouddha qui simultanément unit l'ensemble des Tathagata et en est la source.

Les cinq bouddhas cosmiques ou cinq jina

Selon le tantra, du Bouddha primordial émanent cinq bouddhas appelés jina. Chaque jina règne sur une des cinq directions de l'espace, le centre et les points cardinaux. Les cinq bouddhas sont en quelque sorte l'incarnation de cinq types de tonalités fondamentales qui constituent l'expérience humaine comme l'univers lui-même.

Chaque bouddha est associé à une émotion ordinaire qui peut être transmutée dans une sagesse particulière, un aspect particulier de l'esprit d'éveil. Chaque bouddha est ainsi un principe fondamental auquel correspond une des

1. Commentaire oral du Khenpo Thoubten, de « La prière de la base, de la voie et du fruit », extraite du Longchen Nyingthik, trad. Patrick Carré et Philippe Cornu, IGPA, 1987, cité dans Longchenpa, *La Liberté naturelle de l'esprit*, présenté et traduit par Philippe Cornu, Paris, Éditions du Seuil, 1994, p. 36.

2. C'est-à-dire l'école Kagyüpa, Sakyapa et Guélougpa.

cinq couleurs (blanc, bleu, jaune, rouge et vert), un des cinq éléments (l'espace, l'eau, la terre, le feu et l'air ou le vent), une saison, un paysage, autrement dit, il est un des cinq visages sous lequel nous apparaît le monde phénoménal dans son entier.

Dans la vision tantrique, les cinq bouddhas ont été rassemblés dans un panthéon complexe, chacun étant doté d'une parèdre, ou bouddha féminin (qui est *l'élément* associé à chaque bouddha) et une escorte de bodhisattvas représentant l'aspect de leur activité. Leurs noms et l'iconographie qui leur est associée – leurs couleurs, leurs symboles, l'animal qui les accompagne, leurs *mudra* et asana (postures) – indiquent leurs qualités et leurs caractéristiques propres.

1. Akshobhya, le Bouddha de la sagesse (Mikyopa)

Akshobhya est le premier Bouddha céleste qui historiquement soit mentionné dans les textes[1]. La légende affirme que, alors qu'Akshobhya n'était qu'un bodhisattva, il fit le vœu de pratiquer la méditation sans la moindre colère ni répulsion envers un être vivant, quel qu'il fût. Il se révéla inébranlable dans l'obéissance à son serment, ce qui, après des efforts d'une durée infinie, lui valut de devenir un bouddha.

Son trône est orné d'éléphants, d'une main il tient un vajra doté de cinq pointes acérées (qui est son symbole et qui incarne l'indestructibilité de la conscience nue) et, de l'autre, la gauche, il effectue le mudra, ou geste symbolique, dans lequel la terre est prise à témoin, en signe de fermeté et de résistance aux tentations (c'est le *bhumisparsha mudra*).

Le nom Akshobhya signifie « l'immuable » ou « l'inébranlable ». Sa couleur est un bleu lumineux et intense

1. Ainsi dans le *Vimalakirti-nirdesa*, le Bouddha Shakyamuni dit : « Il y a un pays nommé Abhirati et un bouddha nommé Akshobhya. Vimalakirti mourut dans ce pays et prit naissance ici. »

comme l'acuité intellectuelle qu'il manifeste. Il est la sagesse semblable au miroir, c'est-à-dire la capacité de percevoir toute chose telle qu'elle est, comme le miroir reflète tous les phénomènes qui peuvent ainsi, en lui, apparaître tels qu'ils sont, dans la précision de leurs moindres détails.

Akshobhya est la capacité du dharma à transmuter la haine de tous les êtres dans la sagesse bleue de la perfection de la réalité ultime.

2. Ratnasambhava (Rintchén Joungné)

« Source des joyaux », Ratnasambhava est représenté la paume en avant, dans le geste du don (*varada mudra*), tandis que l'autre main tient son symbole, le joyau lui-même, signe de la richesse. Il est le seigneur de la générosité et de l'équanimité.

Son trône est orné de chevaux caracolant, le cheval étant l'animal qui lui est associé en raison de sa puissance. Il est l'élément de la terre, la capacité de recycler les choses, le caractère puissant et massif des montagnes, l'automne, lorsque les fruits sont mûrs et que la nature devient dorée.

Il incarne la sensation, le toucher, l'expérience que la réalité est complète comme elle est et que, quoi que l'on fasse, les phénomènes resteront comme ils sont.

On peut aussi comprendre ce Bouddha comme une expérience précise : à un moment on ne fait plus confiance à cette richesse primordiale et, nous en séparant, nous nous sentons pauvres, sans ressources. Tous les efforts que nous tentons de faire pour regagner cette richesse sont vains et ne font qu'accentuer l'orgueil ou le sentiment de manque, qui sont les expressions de la confusion qui naît lorsqu'on ne reconnaît pas la sagesse de Ratnasambhava.

Autrement dit, les expériences de fierté (ou d'orgueil) stimulent la bienveillance de Ratnasambhava qui les transmute en équanimité.

Le principe que l'on retrouve pour chacun des cinq bouddhas est qu'il est impossible de manufacturer la sagesse spécifique qu'ils incarnent. Il faut la reconnaître dans sa pureté primordiale, si difficile que soit cette mise à nu qui pourfend nos manipulations habituelles. Chacun des cinq bouddhas nous montre alors comment peut se manifester de manière tout à fait saine un des aspects de l'éveil.

3. Amitabha ou le bouddha de la compassion (Nangwathaye ou Eupakme)

Le plus célèbre bouddha cosmique[1] porte deux noms : *Amit-abha*, « la lumière infinie » et *Amit-ayus*, « la vie infinie » qui évoque son incommensurable longévité.

Il y a très longtemps, au temps d'un bouddha précédent, vivait un roi qui renonça à son trône et se fit moine sous le nom de Dharmakara. Il aspira à devenir un bouddha à une époque ultérieure et fit le vœu d'engendrer une terre pure qui réunirait les excellentes qualités de toutes les terres pures et où les habitants auraient les plus hautes perfections. Les « terres pures » sont des univers spirituels ou des états de conscience créés par un bouddha spécifique. Décrites en termes paradisiaques, ces terres pures sont avant tout des mondes où il est facile d'entendre et de pratiquer les enseignements bouddhistes.

Devenu Amitabha, il crée un monde spécifique pour ses disciples, nommé Sukhavati, « le lieu heureux ». Les pratiquants qui invoquent Amitabha renaîtront et vivront en ce Dieu, étudiant paisiblement sous sa protection.

Dharmakara fit aussi le vœu d'apparaître devant tout être mourant qui aspirerait à l'illumination et l'évoquerait mentalement avec dévotion, pour le conduire dans sa terre pure où il renaîtrait au cœur d'une fleur de lotus. Grâce à lui s'ouvre une nouvelle voie pour parvenir au salut sans passer par un nombre infini de renaissances. L'éveil devient

1. Son culte se fonde sur trois sûtra essentiels. Ce sont le « Long » et le « Court » *Sukhavati-vyuha Sûtra, « Ornementation* de la Terre Bienheureuse » et l'*Amitayur-dhyana Sûtra*, « Méditation sur Amitayus ».

possible non plus par la seule force de la volonté individuelle, comme dans la doctrine primitive, mais grâce à l'invocation d'un bouddha.

Amitabha a les mains sous le nombril, l'une sur l'autre, dans le mudra de la méditation (*dhyâna mudra*). Son élément est le feu, qui est captivant, magnétisant, et possède un pouvoir aussi puissant que dangereux. Il est généralement assis au cœur d'une fleur de lotus, ou sur un trône décoré de paons. Ces deux symboles ont le même sens. Le lotus, qui pousse dans la boue, est cependant resplendissant de beauté. Le paon doit son resplendissant plumage aux plantes vénéneuses qu'il consomme. La voie tantrique, de même, transforme les différents poisons des émotions conflictuelles en conscience exhaussée. Comme le *Tantra Hevajra* le proclame : « Ce sont les mêmes forces qui séduisent les autres qui garantissent au yogi la libération suprême. »

Amitabha transforme la passion en connaissance discriminante. En effet, la racine de la passion est la capacité de choisir entre différentes possibilités, de percevoir avec précision et clarté les caractéristiques de chaque chose permettant une union intime avec elle.

Amitabha est le Bouddha rayonnant de la couleur rubis de la compassion, qui est aussi une forme pure de la passion.

Qu'est-ce que la compassion dans le bouddhisme ? C'est le désir ardent d'aider les autres, et de souhaiter qu'ils soient libres de la souffrance et de la cause de la souffrance. La compassion n'est donc pas une émotion particulière, au sens où l'on souffrirait de la souffrance des autres et où il faudrait les aider parce que l'on serait dans une meilleure situation qu'eux. Elle est une ouverture dans toutes les directions. Une telle chaleur pour les autres est la qualité naturelle de notre cœur éveillé. Amitabha transmute le désir de possession, l'égoïsme, pour y révéler la chaleur altruiste qui la constitue authentiquement.

4. Amoghasiddhi (Donyödroupa)

Amoghasiddhi est celui « qui réalise tous les souhaits » ; il est le Bouddha de l'action qui a la capacité de tout accomplir. Il est associé à l'élément de l'air, au vent et à la mobilité.

Sa paume est exposée, à hauteur de poitrine, dans un geste qui manifeste la protection et l'absence de peur, tandis que, de l'autre main, il tient une épée. L'épée, qui est son symbole, se meut dans l'espace de telle manière qu'elle peut traverser, tant son fil est tranchant, tout ce qu'elle rencontre. C'est le symbole de l'action pure, indestructible et parfaite qu'incarne Amoghasiddhi. Une telle action est juste parce qu'elle est parfaitement en rapport avec la situation dans laquelle elle se déploie.

Parfois, le symbole d'Amoghasiddhi est aussi un double vajra, qui représente la possibilité de tout transformer.

La passion humaine, qui provoque son action, est la jalousie symbolisée par la couleur verte, que l'on retrouve justement dans notre propre expression « être vert de jalousie » – ce qui tend à montrer que ces principes ne sont nullement liés à une culture particulière, mais décrivent des visages de la réalité même.

Quand on cesse de faire confiance à la qualité ouverte d'Amoghasiddhi, se comparant sans cesse aux autres, on est justement empli de jalousie. Cette émotion conflictuelle (ou *klesha*) nous conduit à ignorer la présence de l'autre comme mon prochain. Je l'instrumentalise en vue de la fin de mon action qui est devenue mon unique obsession.

5. Vairocana (Namparnangdze)

Le cinquième bouddha, au corps blanc, est la « manifestation de la forme » ou « le créateur de toute apparence ». Il joue un rôle tout à fait central dans le Mahayana, et tout particulièrement dans l'*Avatamsaka Sûtra* ou *Sûtra de la guirlande de Bouddha*, qui est un des textes fondateurs de l'école chinoise Hua-yen. Ce sûtra enseigne que l'esprit humain est l'univers même et qu'il est identique au Bouddha. Dans chaque dharma, c'est-à-dire dans chaque unité de réalité, l'univers tout entier est compris. Tous les dharma s'interpénètrent ainsi les uns les autres.

L'iconographie de Vairocana diffère de celle des autres bouddhas, et se rapproche de celle des déités perses, tel Zoroastre. Comme ce dernier, il est comparé au soleil.

Vairocana est l'ensemble de toute la réalité, le verre que je tiens dans la main, comme la table qui est devant moi sont part de Vairocana lui-même.

Seigneur du cakra ou famille de la roue, il est assis sur un trône paré de lions ou de dragons. La roue qu'il tient représente le geste de l'enseignement[1]. Il est la purification de la conscience dualiste, et son élément est l'espace.

La passion humaine qui dynamise son activité est la fascination ignorante représentée soit par la couleur bleue, soit par la couleur blanche, qu'il transmute en sagesse qui accommode tout.

Les cinq bouddhas commandent chacun un âge cosmique ; ils produisent à leur tour, par émanation, un certain nombre de bodhisattvas d'une part, et cinq bouddhas humains d'autre part, Kraluccanda, Kanakamuni, Kâçyapa, Sakyamuni et Maitreya, le Bouddha à venir, qui est donc, à ce titre, encore un bodhisattva.

Le principe des cinq familles-de-bouddha

Dans le tantra, ces cinq bouddhas forment une structure cohérente, et les yidam que nous étudierons plus loin sont toujours reliés à l'un d'eux.

1. Il tient parfois un autre symbole : les trois joyaux qui représentent le bouddha, le dharma ou les enseignements et la sangha ou communauté des pratiquants.

༄༅། །དགའ་ལྡན་གནས་སུ་དམ་པ་ཏོག་དཀར་པོས། །རང་གི་ཅོད་པན་ཉིད་ཀྱི་
དབུར་བཅིངས་ཏེ། །རྒྱལ་ཚབ་ཉིད་དུ་དབང་བསྐུར་མཆོག་བསྐོས་པ། །རྣམ་འདྲེན་
མ་ཕམ་མགོན་ལ་ཕྱག་འཚལ་ལོ།

Maitreya, le futur Bouddha qui demeure au ciel de Tusita, l'un des paradis bouddhiques, avant d'apparaître dans notre monde

Vajrasattva, le Bouddha de la pureté adamantine

L'entièreté du monde phénoménal est perçue en fonction de ces cinq types de forces : « Les cinq bouddhas ne restent pas dans des formes divines, distants dans des ciels lointains, mais ils descendent en nous-mêmes : le cosmos c'est moi-même, les bouddhas sont en moi [...], ce sont les cinq éléments de la personnalité humaine[1]. »

Parce que ces cinq bouddhas sont constitutifs de la nature de toute chose, ils sont des familles.

Chögyam Trungpa, plus que tout autre maître peut-être, a enseigné sur les cinq familles-de-bouddha, dont on retrouve la présence dans chaque aspect de notre existence. L'importance de cet enseignement provient, expliquait-il, du fait que le tantra est réel et personnel et non pas une métaphysique ou une cosmologie intellectuelle. Le tantra est en rapport très direct avec la réalité la plus personnelle de notre existence. Les cinq familles-de-bouddha sont la manière la plus profonde d'établir « un lien entre l'existence ordinaire, ou la vie quotidienne et la conscience tantrique[2] ». Nous avons ainsi présenté les cinq bouddhas en mettant chaque fois l'accent sur cette dimension, et l'état d'esprit qu'ils incarnent. Ils sont en relation avec le moindre aspect de notre vie quotidienne.

Chaque famille présente une possibilité de travailler très directement avec la confusion qui n'est pas vue comme quelque chose de solide, mais qui se laisse transformer une fois qu'on se relie honnêtement et directement à elle.

Dans l'iconographie tantrique, les familles-de-bouddha forment un mandala, celui-ci a, le plus généralement en son centre, la famille bouddha, tandis que les familles vajra, ratna, padma et karma sont situées, en commençant par l'est, aux quatre points cardinaux.

1. Guiseppe Tucci, *Théorie et Pratique du Mandala*, Paris, Fayard, 1974, p. 57.

2. Chögyam Trungpa, *Voyage sans fin. La sagesse tantrique du Bouddha*, trad. Stéphane Bédard, Paris, Éditions du Seuil, 1992, p. 103.

Vajrasattva

Vajrasattva est le « seigneur de tous les mandala ». En lui les cinq familles se combinent et se concentrent, comme la couleur blanche qui le symbolise contient en elle les cinq autres couleurs. Son mantra spécifique, long de cent syllabes, est utilisé dans toutes les écoles du bouddhisme tibétain afin de purifier l'esprit.

Tara, un bouddha féminin

Avant de devenir une divinité, Tara était une pratiquante accomplie. Les moines qui la rencontraient, frappés par l'éclat de son accomplissement et pris dans leurs préconceptions sociales, lui souhaitaient de pouvoir, lors de ses vies futures, avoir un corps d'homme. Elle s'y refusa et leur répondit :

> Ici, pas d'homme, pas de femme,
> Pas de moi, pas d'individu, pas de catégories.
> « Homme » et « Femme » ne sont que des dénominations
> Créées par la confusion des esprits pervers de ce monde.

Devant les conceptions grossières de ces moines, elle décida que, puisque peu de femmes pratiquaient, elle ferait le bien des êtres sous une apparence féminine.

Dans un autre mythe, Tara naît d'une larme d'Avalokiteshvara, le bodhisattva de la compassion[1]. Mais, malgré ces deux légendes, Tara n'est généralement pas considérée comme un bodhisattva ayant acquis graduellement un ensemble de qualités éminentes, mais comme étant un

1. Voyant la souffrance de tous les êtres de l'univers entier, Avalokiteshvara fut si ému qu'il versa deux larmes. La larme qui coula de son œil droit pris la forme de Tara verte tandis que celle qui coula de son œil gauche pris la forme de Tara blanche.

bouddha[1]. Elle est *shunyata*, la vacuité, la compagne de tous les bouddhas et en même temps *prajna*, la connaissance non dualiste, la mère de tous les bouddhas, celle qui a donné naissance à l'idée même d'éveil. Elle est alors l'incarnation de la connaissance non dualiste (*prajna*), qui est associée à l'action, ou aux moyens habiles (*upaya*) qui sont le principe de l'activité masculine.

Alors que, dans les enseignements de base du bouddhisme, les femmes sont parfois dévalorisées pour des raisons culturelles liées à l'histoire de l'Inde, le statut de la féminité devient central dans la mythologie du Mahayana, comme on peut s'en rendre compte avec le rôle joué par Tara.

Pour comprendre les rapports que les bouddhistes entretiennent avec les dieux, remarquons qu'un grand nombre de femmes ayant eu un rôle central dans l'histoire spirituelle du Tibet sont considérées naturellement comme des émanations de Tara elle-même, ainsi la femme du roi Trisong Détsèn, la consort de Padmasambhava, Yéshé Tsogyal, ou encore la grande pratiquante Machik Labdrön, fondatrice de la pratique du Tcheu (pratique d'offrande de son propre corps aux démons). Tara est ainsi une figure de la féminité complètement déployée et accomplie.

Quand il enseigna le tantra associé à Tara, le Bouddha fit son éloge : « Tara est celle qui libère et protège les êtres de toutes les peurs et de toutes les souffrances quelles qu'elles soient[2]. » Tara s'occupe de tous les êtres comme de ses propres enfants, les protégeant des divers dangers qu'ils peuvent rencontrer – dangers qui prennent souvent la forme de démons. Elle intervient tout particulièrement contre la

1. On pourra consulter sur la question du statut de Tara, bodhisattva ou bouddha, Pierre Arènes, *La Déesse Sgrol-Ma (Tara). Recherches sur la nature et le statut d'une divinité du bouddhisme tibétain*, Louvain, Uitgeverij Peeters Departement Oriëntalistiek, 1996 – ce que nous suivons ici.

2. Cité dans Kalou Rinpotché, *Le Dharma, qui illumine tous les êtres comme la lumière du soleil et de la lune*, Belgique, Huy, Kunchab, 1989, p. 121.

peur et la maladie en tant que divinité protectrice, son action pouvant s'étendre dans tout l'univers.

Ces trois caractéristiques, « mère de tous les bouddhas », compassion d'Avalokiteshvara et sauveuse, doivent être articulées ensemble pour voir le visage de la déité.

D. Les bodhisattvas ou les « héros pour l'éveil »

Le Bouddha est accompagné, dans les textes du Mahayana, d'une suite d'êtres divins habillés de vêtements royaux – les bodhisattvas ou « héros pour l'éveil ».

Les bodhisattvas sont des pratiquants qui ont fait le vœu d'étendre leur chemin au-delà des limites humaines. Ils s'engagent à continuer leur chemin spirituel pour les siècles des siècles, bien plus longtemps que ne prendrait leur propre accomplissement. Alors même qu'ils pourraient atteindre l'éveil, ils restent dans le monde afin d'aider tous les êtres sensibles qui sont encore enchaînés par l'ignorance, cause de douleurs, à devenir eux-mêmes des bouddhas pleinement accomplis. Ce sont « des bouddhas virtuels qui sont voués à ne jamais entrer dans leur état de bouddha avant que le dernier brin d'herbe ait été racheté [1] ».

Renonçant ainsi à son propre bien-être au profit des autres, le bodhisattva est une figure d'un grand héroïsme. Il ne cesse d'aller au-delà de toutes limites et de prendre une responsabilité immense : il est prêt à tous les sacrifices pour aider l'ensemble des êtres. Le bodhisattva est parfois comparé à un guerrier, en raison de son courage.

Il ne se met cependant pas à la place des autres en raison d'un altruisme mystique, mais parce qu'il a tiré les conséquences de la non-existence d'un moi substantiel. Dès lors que la distance entre moi et autrui disparaît, il ne reste

1. Ananda k. Coomaraswamy, *Hindouisme et Bouddhisme*, Paris, Gallimard, 1949, p. 80.

qu'un océan de souffrance qui ne disparaîtra que dans sa totalité.

Les bodhisattvas sont l'expression de la compassion universelle pour tous les êtres, que leurs visages souriants, pleins de douceur et de bonté, donnent à voir. Ils sont aussi les porte-parole des êtres humains auprès des bouddhas. Comme les êtres humains sont souvent trop confus pour pouvoir eux-mêmes chercher les enseignements, les bodhisattvas s'en chargent et demandent aux bouddhas de tourner la roue du dharma.

Mais même à ce point inachevé de leur chemin, ils sont des êtres divins. Les Tibétains, dans leurs pratiques, n'accordent pas beaucoup d'attention à la différence « théologique » entre les bodhisattvas et les bouddhas. Ils invoquent tout autant les uns et les autres.

Au Tibet et en Chine, trois bodhisattvas jouèrent un rôle de tout premier plan et sont considérés comme de parfaits bouddhas qui se manifestent sous la forme de bodhisattvas du 10e bhumi pour le bien des êtres. Manjushri, le bodhisattva de la sagesse, Avalokiteshvara, le bodhisattva de la compassion, et Vajrapani, l'incarnation du pouvoir courroucé de l'éveil. À eux trois, ils protègent le corps, la parole et l'esprit du pratiquant qui les invoque[1]. Ils sont aussi les forces purificatrices de l'esprit, et comme le souligne Joseph Goldstein : « chaque moment de sagesse fait de nous un Manjushri, chaque moment de compassion nous identifie à Avalokiteshvara[2] ».

1. Si dans la perspective tantrique tibétaine, Vajrapani courroucé représente l'esprit des bouddhas, Manjusri le corps et Avalokiteshvara la parole, dans leur aspect de purs bodhisattvas du Mahayana l'iconographie est différente : ils sont tous les trois paisibles (y compris Vajrapani), debout, sous l'apparence de princes indiens et font alors partie des « huit bodhisattvas ».

2. Joseph Goldstein, *L'Expérience de la clarté intérieure..., op. cit*, p. 201.

Manjushri (Jampelyang)

Manjushri, « celui qui est noble et doux », est considéré comme la manifestation même de l'intelligence (*prajna*). Il pourfend l'ignorance et favorise la connaissance spirituelle.

Il est représenté sous la forme d'un prince éternellement jeune et paisible. Sa peau est blanche et pure, ou parfois de couleur jaune orangé. Selon certaines légendes, Manjushri est né d'un rayon de lumière émis par le front du bouddha Sakyamuni. Le rayon fendit un arbre. De la brèche apparut un lotus sur le cœur duquel était assis Manjushri, paré de bijoux et de soieries, et resplendissant.

Il tient, de la main droite, une épée flamboyante représentant la sagesse, ou connaissance discriminante. Elle est levée, prête à couper toute illusion, et tout particulièrement l'ignorance et la croyance en un moi. L'ignorance, dans le bouddhisme, est comprise non comme un manque, mais comme une véritable activité de l'esprit pour ne pas voir.

De la main gauche, il tient un lotus sur lequel repose un livre de sagesse, généralement le texte de la *Prajna Paramita* qui révèle que la nature de la réalité est la vacuité. Il chevauche un lion blanc à la crinière turquoise. Bien qu'il agisse à travers tout le cosmos, il possède un lieu de prédilection sur la montagne Ou-tai-Chan, la montagne aux cinq sommets, lieu de pèlerinage pour les Chinois comme pour les Tibétains. On peut y dénombrer une soixantaine de temples. Selon la légende, les cinq pics étaient à l'origine composés de cinq matières précieuses : le diamant, le saphir, l'émeraude, le rubis et le lapis-lazuli.

Il a aussi créé la vallée de Katmandou (souvent appelée Népal « *bal yul* » par les Tibétains) en ouvrant la vallée avec son sabre pour permettre au lac qui la remplissait de se vider.

Avalokiteshvara

Avalokiteshvara est une émanation d'Amitabha. Il a aussi son lieu en Chine sur la montagne Eimei Chan. Comme Ou-tai-Chan, Eimei est un lieu magique et des temples bouddhistes, anciens et modernes, y ont été construits en l'honneur du bodhisattva.

Avalokiteshvara est représenté portant une couronne et des vêtements royaux, au lieu de la robe monastique d'un bouddha. Sur sa tête, Avalokiteshvara porte le bouddha Amitabha, source d'inspiration de son activité. Il tient un lotus en bouton symbolisant la beauté pure de sa compassion. Il est souvent représenté tenant dans le creux de ses mains jointes un « joyau qui exauce les vœux » (*cintamani*). À l'origine amulette prébouddhique contre le mal, ce joyau devint l'emblème de sa volonté d'exaucer les vœux justes ; sa limpidité symbolise aussi la pureté naturelle de l'esprit qui demeure inaltérée sous les souillures mentales.

Le bodhisattva de la compassion est prié partout, mais tout spécialement au Tibet, où il est regardé comme le guide spirituel du pays, presque son créateur. Regrettant que le Bouddha ne soit jamais venu dans leur pays en les laissant dans l'« obscurité de l'ignorance », ils reçurent la bénédiction du bodhisattva. À une époque où les Tibétains étaient réputés pour leur indomptable sauvagerie, Avalokiteshvara fit le vœu d'aller secourir le pays des Neiges, souhaitant que « ce pays sombre et barbare puisse devenir lumineux comme une île remplie de joyaux ! ».

Un autre mythe retrace comment Avalokiteshvara fut à l'origine du peuple tibétain. Le Tibet était alors peuplé de démons. Un jour, empli de compassion pour cette terre désolée, il s'y manifesta sous la forme d'un singe. Le singe-bodhisattva s'accoupla à une démone, ogresse des rochers. De cette union naquirent six singes dépourvus de queue, qui formèrent les six tribus ou clans qui constituent le Tibet. Les Tibétains, peu charitables envers eux-mêmes, reconnaissent que, s'ils sont parfois animés par la compassion de cet ancêtre singe, leurs sautes d'humeurs et leur caractère batailleur viennent en droite ligne de leur aïeule la démone.

Au Tibet le nom d'Avalokiteshvara est Tchènrézi, qui signifie « le Seigneur qui tourne son regard vers le bas (avec compassion) ». Son mantra *Om Mani Padme Hum* est répété dans toutes les occasions, et gravé sur de nombreuses pierres et montagnes. Le Dalaï-Lama, chef spirituel et temporel du Tibet, est considéré comme une incarnation de ce bodhisattva, et son palais le Potala est la réplique du palais d'Avalokiteshvara.

Avalokiteshvara est d'ordinaire blanc avec un visage et quatre bras, mais il a parfois un visage et deux bras, voire onze visages ou même mille bras...

Vajrapani

Vajrapani est « celui qui tient la foudre à la main ». Il est le prototype des déités courroucées. Il a un ventre proéminent, un corps bleu sombre détouré d'or et enveloppé de flammes, une peau de tigre nouée autour de la taille. Il a trois yeux immenses.

Il est la personnification de la défaite de Mara contre le Bouddha et, à ce titre, il est son compagnon et protecteur.

On a comparé les bodhisattvas aux saints catholiques, parce que les Tibétains les prient, leur demandent aide pour leur méditation ou leur intercession. Mais les bodhisattvas des Tibétains ont une dimension cosmique. Ils peuvent être à plusieurs endroits à la fois. Ce sont des êtres magiques, qui peuvent produire des émanations. Ainsi Manjushri est supposé avoir créé le pays du Népal en séparant magiquement les montagnes et ouvert un séjour dans la vallée paradisiaque du Népal.

CHAPITRE II

Des trois joyaux aux trois racines

Pour comprendre la structure du panthéon bouddhiste, il faut se souvenir qu'être bouddhiste consiste, avant toute chose, à prendre refuge dans les trois joyaux que sont le bouddha, le dharma et le sangha. On retrouve cette cérémonie dans de nombreuses écoles bouddhistes.

Le bouddha prouve que le chemin est possible, le dharma est l'ensemble des enseignements qui montrent ce qu'est la vérité, et la sangha est l'ensemble des pratiquants qui nous aident sur le chemin.

Il y a deux sortes de sangha, la sangha des êtres ordinaires et celle des êtres sublimes, qui est composée des arhats et des bodhisattvas, qui n'ont pas encore atteint l'état de bouddhéité, et qui ne sont donc pas omniscients. Mais cela ne les dévalorise pas, car nous qui sommes sur le chemin nous avons besoin de nous relier au dharma et à la sangha, et ne pouvons nous contenter du bouddha. Leur aide nous est donc essentielle.

La meilleure chose qui puisse se passer pour un être humain est de devenir le disciple de Bouddha. Or, ce n'est plus possible puisqu'il n'est plus vivant sur cette terre. Le bouddhisme va cependant montrer comment cela peut être effectué.

Dans le chemin du Mahayana, les différents bouddhas, qui n'ont pas besoin de corps pour être et qui vivent dans une autre dimension, peuvent être appelés par le pratiquant. De là proviennent toutes les pratiques des terres pures, où le pratiquant demande l'aide directement au bouddha de son choix. Dans une telle perspective, il est dès lors possible de recevoir un enseignement direct, d'apprendre à pratiquer, sans avoir besoin des sûtra, les textes des paroles du bouddha Sakyamuni.

Dans le Vajrayana, en plus des trois joyaux, on prend refuge dans les trois racines : le maître (ou lama), le yidam et les protecteurs.

Il existe différents mythes retraçant l'enseignement du Vajrayana, qui tous tentent d'en montrer l'authenticité par rapport au Bouddha. Les érudits se font fort de montrer les transformations et ajouts apportés aux enseignements du Bouddha historique, mais leur point de vue est si limité ! Plus profonde que la vérité historique est la vérité de l'expérience des pratiquants. Plus importante que la vérité apparente est la vérité liée à d'autres ordres de réalité, comme ceux où demeurent les dieux.

Selon certaines traditions, les enseignements tantriques furent enseignés par le Bouddha à la demande du roi d'Oddiyâna Indrabodhi.

Selon une autre source, le Bouddha prophétisa, avant de quitter la terre, que vingt-huit ans plus tard les enseignements les plus hauts, ceux du Vajrayana, apparaîtraient dans la direction de l'est. Lorsque ce temps arriva, cinq « êtres très saints » qui étaient en méditation profonde se rassemblèrent au sommet du mont Malaya, en Inde du Sud. Ce furent un dieu, un yaksha, un raksasa, un naga, et un être humain. Ils se lamentèrent : « Oh ! Hélas ! nous sommes dans l'âge sombre. Si la lumière du Bouddha a disparu, qui dissipera l'obscurité qui recouvre le monde ? »

À ces paroles, Vajrapani, détenteur des enseignements tantriques, leur apparut et leur enseigna des textes du Vajrayana. Le raksasa, grâce à ses pouvoirs supérieurs, écrivit ces tantra avec de l'encre faite de poudre de lapis-lazuli sur des feuilles de papier d'or. Il cacha ensuite miraculeusement ces ouvrages dans le ciel.

Vingt-huit ans après la disparition du Bouddha, le roi Ja reçut miraculeusement dix-huit textes tantriques et une sculpture de Vajrapani, qui tombèrent comme de la pluie sur le toit de son palais.

En raison de sa foi immense et grâce à ses prières, il fut capable de lire ces textes[1].

A. Les déités ou yidam, les dieux comme supports de méditation

1. Le yidam, une déité tantrique

Entre le IIIe et le XIIe siècle, le Grand Véhicule va donc prendre un développement singulier que l'on va nommer *tantra*, de la racine *tan[2], étendre, développer, continuer, le fait que tout soit lié en un ensemble, tel que rien ne puisse venir séparément.

Nous avons déjà montré que le Mahayana met au jour un état d'être qui est sans point de référence : l'expérience de shunyata. Le tantra est la voie qui porte attention sur le caractère vivant de la vacuité. Autrement dit, le tantra naît de la reconnaissance de la qualité magique qui existe au cœur de shunyata, une plénitude qui n'a pas été explorée dans les véhicules précédents, et qui constitue la véritable *continuité* de l'expérience du pratiquant.

Cet aspect radical du tantra fait que l'on ne s'y engage pas sans une solide préparation. L'étudiant doit auparavant prendre la mesure de la vérité fondamentale de la souffrance, de l'impermanence et de l'absence du moi substantiel qui débouche sur une compréhension de la nature vide de tous les phénomènes. Ayant reconnu que toutes les perceptions impures ne sont que la création de ses propres projections, autrement dit s'étant libéré de ses préjugés et

1. Voir Thinley Norbu, *The Small Golden Key*, New York, Jewel Publishing House, 1985.
2. Le terme tibétain reprend exactement le même sens, *gyü* signifiant la continuité.

de ses opinions, il peut reconnaître la pureté propre de tous les phénomènes – qui lui permet de se relier directement avec eux. Chögyam Trungpa explique : « Le tantra croit en la dualité, tandis que le Mahayana croit en la non-dualité, la voie du milieu. Le tantra croit dans les voies extrêmes. Par exemple, vous avez les quatre ordres de tantra, qui sont le tantra père, le tantra mère, le tantra neutre et le tantra transcendant. Ce sont respectivement les tantra de l'agression, de la passion, de l'ignorance et le tantra qui les transcende et les rassemble. Ils en ont dans la culotte, si je puis dire, ils sont très directs[1]. »

La dualité de notre expérience ordinaire est reconnue comme elle est, et c'est à partir de là que le pratiquant continue le chemin. C'est le chemin le plus direct, le plus intense aussi. Les maîtres du tantra expliquent ainsi qu'il faut un très grand nombre d'existences pour atteindre l'éveil selon le chemin du Mahayana, alors qu'une seule vie suffit par le chemin abrupt du Vajrayana.

Le tantra va développer le panthéon du Mahayana et lui adjoindre des pratiques faisant appel à des enseignements strictement ésotériques et initiatiques, qui constituent la spécificité de ce véhicule. En plus des bouddhas et des bodhisattvas qui sont l'apport du Mahayana, il existe dans le Vajrayana, des déités qui sont des supports spécifiques de méditation : les yidam (s.* *ista devata*). Ils sont les bouddhas du sambhogakaya et, à ce titre, des manifestations particulières de l'éveil.

Yid signifie esprit, *dam* est la relation en tant que lien pur et sacré. Un yidam est une expression authentique de la nature même de la réalité dans un style particulier qui est en relation étroite avec celui du pratiquant. En voyant sa nature fondamentale dans sa manière impersonnelle et

1. Chögyam Trungpa, *Tantra, la voie de l'ultime*, trad. Stéphane Bédard, Paris, Éditions du Seuil, 1996, p. 159.

* Les abréviations *s.* et *t.* signifient que les mots qui suivent proviennent du sanscrit ou du tibétain.

universelle, tous les aspects confus de l'expérience du pratiquant sont reconnus dans leur sagesse inhérente. Tel est bien le cœur même du tantra, reconnaître *l'unité* de la confusion et de la sagesse – la confusion étant une distorsion première de la sagesse.

2. Les yidam comme nature de la réalité

Selon la pensée bouddhiste tantrique il y a deux sortes d'êtres dans le monde, les êtres ordinaires et les méditants accomplis qui ont une vision pure de la réalité. Les êtres ordinaires, prisonniers de leurs passions, de leurs habitudes de pensées et d'actions, voient le monde comme un ensemble de choses et de situations matérielles.

Les méditants purifient leur vision fondée sur la fixation et commencent à voir le monde dans sa continuité vivante. Ils voient les forces vivantes subtiles qui circulent dans les canaux du corps. Ils voient la continuité qui demeure sur la terre à travers les dieux des montagnes, des mers et des plaines.

Sur le plan de son essence, la divinité n'est pas une individualité supérieure, vivant dans un monde éloigné et se portant parfois au secours des humains, même si, sur le plan de sa manifestation, elle peut paraître telle. Tant que nous vivons dans la dualité moi-autre, les divinités entrent dans le jeu de cette dualité et il s'établit une relation entre ces deux pôles de la manifestation : moi et la divinité.

Pour le bouddhisme, il faut distinguer la vérité ultime de la vérité relative. Si, de notre point de vue, il peut y avoir d'un côté le « moi » et de l'autre la « divinité », du point de vue ultime du Mahayana, il n'existe ni moi ni autre.

Le point central du bouddhisme tantrique est de ne privilégier aucune de ces deux vérités qui doivent être éprouvées toutes deux dans leur unité. Dans ce mouvement, le tantra retrouve la pleine richesse de la vérité relative, engageant l'homme à avoir recours à des moyens relatifs pour transcender ses propres limitations.

3. Trois types de yidam : dakini, heruka et déités en yabyoum

Il existe trois types de yidam : les déités féminines ou dakini, les déités masculines ou heruka et les déités en union ou yabyoum.

Les dakini sont « celles qui marchent dans le ciel », le ciel entendu comme l'espace absolu (*dharmadhatu*) qui représente la réalisation de la vacuité. L'énergie féminine est liée à l'aspect joueur, imprévisible, surprenant de l'espace qui nous réveille. Reconnu dans sa nature, l'espace est non né et vient de nulle part. La dakini, comme lui, peut prendre un grand nombre de formes, de telle manière qu'on ne puisse pas se l'approprier. Si l'on veut s'approcher d'elle, elle est au loin, et si, au contraire, on veut s'en éloigner, elle est toute proche de vous.

La dakini est la sagesse transcendante, la directe vision de la réalité, tandis que le principe masculin incarne la compassion pour tous les êtres.

Vajrayogini, comme incarnation du principe de la dakini

Vajrayogini est, dans le tantra, la déité féminine par excellence. Elle est la vacuité ; c'est-à-dire l'accommodation fondamentale et la fertilité ultime, la mère de toutes formes et de tous les bouddhas.

Tous les détails de son apparence indiquent une qualité précise de l'éveil qu'elle manifeste. Sa forme, ses vêtements, ses ornements et sa pose représentent autant d'aspects de l'état d'éveil qu'elle incarne sous une forme anthropomorphique.

Elle est nue parce qu'elle n'est absolument pas touchée par la névrose et la confusion : « elle n'a donc pas d'armure du moi pour se vêtir[1] ». Elle a un visage car tous les dharma ont une saveur unique dans le dharmakaya. Elle a trois yeux pour voir ensemble le passé, le présent et le futur. Elle a deux bras, car elle est l'union de la prajna, la connaissance discriminante, et d'upaya, l'action juste. Elle resplendit d'un rouge vif, couleur de la passion. Ses lèvres légèrement entrouvertes découvrent ses dents, ajoutant un aspect légèrement courroucé à son expression paisible. Elle adopte une position de danse, sa jambe droite est légèrement pliée, le talon au-dessus du sol comme si elle s'apprêtait à avancer, parce qu'elle ne réside pas dans les extrêmes du samsara et du nirvana. Elle voit la confusion et l'éveil surgir simultanément.

Son pied gauche est posé à terre, sur un lotus, un soleil, une lune, qui est le siège habituel des bouddhas et des yidam. Le soleil est symbole de la sagesse tandis que la lune représente la compassion. Elle se tient aussi sur un cadavre comme toutes les déités semi-courroucées.

Elle est parée d'ornements faits d'os dans lesquels sont sertis des joyaux, un diadème et des boucles d'oreilles, une ceinture, des anneaux de chevilles et des bracelets. Tous ces ornements montrent qu'elle a su parfaire la générosité, la discipline, la patience, l'effort et la méditation, soit cinq des six paramita, ou *actions transcendantes* propres au véhicule qu'est le Mahayana. Il n'y a pas d'ornement qui représente la *prajna*, ou sixième paramita, parce que Vajrayogini elle-même est la quintessence de la prajna, l'intelligence pure qui ne laisse aucune place à l'hésitation tant elle est claire et directe. Elle porte un collier de cinquante et une têtes fraîchement coupées qui indiquent qu'elle a purifié ou détruit tous les concepts habituels.

De sa main droite, elle brandit vers le ciel un couteau dont la lame incurvée symbolise l'élimination de l'attachement à l'ego. Avec ce couteau parfois nommé « crochet de clémence », elle attrape les êtres enfermés dans la souf-

1. Chögyam Trungpa, *Le Cœur du sujet*, trad. Stéphane Bédard, Paris, Éditions du Seuil, 1993, p. 206.

Vajrayogini, la souveraine du désir

france des six royaumes pour les mener dans le monde vajra. Elle accomplit ainsi totalement l'action pure d'un bouddha.

De sa main gauche, elle tient une calotte crânienne emplie d'*amrita*, qui représente le principe de l'intoxication des croyances erronées.

Elle tient au creux de son coude gauche un *khatvanga* qui représente, sous une forme cachée, Cakrasamvara, essence même des moyens habiles. Le principe est que Vajrayogini est ainsi complète, l'union des principes féminin et masculin. (Parfois, son partenaire est Guru Rinpotché, et sa nature est alors Yéshé Tsogyal, la disciple et compagne de Padmasambhava. Se visualiser ainsi « comme Yéshé Tsogyal crée une relation engageante qui nous permet de recevoir, comme elle, toutes les grâces et enseignements de Guru Rinpotché [1]... ».)

Un passage à la louange de Vajrayogini de la sadhana écrite par Thongwa Tönden, le sixième Karmapa, la présente comme suit :

> Bhagavati [bienheureuse] Vajrayogini
> Personnification du vide vajra
> Embrasée du feu qui met fin au kalpa, proférant
> Le son terrifiant de HUM –
> Nous nous prosternons devant vajra-chandali [2].

Cette strophe fait apparaître la qualité de passion que Vajrayogini incarne, elle transmute la passion névrotique en une compassion consumant tout. La passion de Vajrayogini est éclatante et dévorante au point d'être comparable au « feu qui met fin au kalpa », une explosion qui, dans la mythologie indienne, consume le système solaire et termine une ère historique. Le son terrifiant de HUM exprime le courroux de sa passion qui terrifie le moi.

1. Dilgo Khyentsé, *The Wish-Fulfilling Jewel*, Boston et Londres, Shambhala Publications, 1988, p. 21.
2. Chögyam Trungpa, *Le Cœur du sujet*, *op. cit.*, p. 202.

Chandali ou *toumo* en tibétain est la chaleur yogique qui irradie dans toutes les directions. Une telle passion est inséparable du caractère complètement spacieux du vide vajra, de l'ouverture vide de la non-pensée. En effet « le shunyata n'a rien à voir avec l'idée nihiliste du rien. C'est l'absence totale de vouloir-saisir et de fixation – la non-substantialité complète du sujet et de l'objet[1] ».

Pour faire entendre la manière dont sa présence est vécue, il faut ici retracer comment Tilopa (998-1069) la rencontra. Tilopa est un mahasiddha indien qui comme tel vécut au-delà de toutes conventions sociales, vivant en haillons comme un mendiant et mangeant des têtes de poisson au bord d'un lac. Voulant recevoir les enseignements ultimes de leur source même, il décide de rencontrer Vajrayogini en personne, qui est aussi la Prajna Paramita, l'intelligence discriminante (non pas le fait d'avoir des connaissances mais le fait de pouvoir séparer, distinguer – ce qui, dans le bouddhisme, est la nature profonde de l'intelligence). Dans ce dessein, il se rend au palais des dakini, construit, dit-on, sur une île au milieu d'un lac empoisonné. L'histoire de Tilopa ressemble ici à celle de nombreux contes où le héros doit franchir un grand nombre d'obstacles.

Arrivé au palais, il rencontre de nombreuses armées de dakini qui protègent le palais et lui en interdisent l'entrée. Tilopa n'est cependant pas ébranlé et regarde les dakini directement, sans l'ombre d'une hésitation. On retrouve ici l'idée centrale dans le Vajrayana de *fierté vajra*, fierté de notre propre nature qui rend le pratiquant indestructible, non pas parce qu'il est devenu insensible, mais tout au contraire parce que sa vulnérabilité est à ce point assumée que rien ne peut plus le menacer. Autrement dit, Tilopa fit complètement face à la situation, les dakini furent ainsi domptées et le laissèrent passer. Il entre alors dans le mandala de Vajrayogini, et, sans même se prosterner devant elle,

1. *Ibid.*, p. 174.

lui demanda l'expérience du Mahamudra, le Grand Sceau.

Alors que tous les daka et dakini étaient furieux du manque de respect de Tilopa, Vajrayogini affirma :

> Tu es mon époux, le Bhagavat
> Tu es Cakrasamvara, la félicité suprême,
> Bouddha Tilo, protecteur des êtres,
> Et je t'offre ces trois joyaux qui accomplissent
> [tous les souhaits.

Elle lui offrit les instructions orales de la lignée secrète. Tilopa rencontra alors directement l'esprit de Vajrayogini. L'école Kagyü provient de cette rencontre – rencontre avec le dieu en chair et en os si l'on peut dire, même s'il ne s'agit pas, bien entendu, de chair et d'os humains, mais plutôt d'une chair de lumière colorée.

Chögyam Trungpa, à la fin de sa vie, en 1985, alors qu'il était en retraite à Mill Village, au Canada, reçut la visite de Vajrayogini en personne. Il commença lui-même à se manifester comme Cakrasamvara. Il décrivait à ses étudiants comment elle était, et semblait surpris d'être le seul à la voir et pouvoir entrer en relation avec elle. Nous ne mentionnons ici que rapidement cette rencontre pour montrer qu'il ne s'agit nullement de faits qui se sont produits il y a des siècles.

Cakrasamvara

Cakrasamvara est le principe masculin, le heruka ou « glorieux indestructible buveur de sang » – il est en effet celui qui boit le sang de l'ego.

Il embrasse sa compagne (*yum*) avec ses deux bras, ses mains croisées aux poignets tiennent le vajra et la cloche. Il porte autour de ses reins une peau de tigre.

Il boit la force de vie, ce qui est en mouvement (*prana*) – que ce soient des sons, des odeurs, ce qui est touché ou vu, les pensées, les émotions, les sentiments, les surprises... Tous ces mouvements sont inséparables de l'espace, comme les vagues sont inséparables de l'océan.

Le heruka face à ces défis provoqués par les pensées qui surgissent dans notre esprit, les moments de peur ou d'inquiétude, au lieu de les considérer comme une distraction en reconnaît la nature semblable aux mouvements de l'espace.

Yabyoum (« Père-mère »)

En union, Cakrasamvra et Vajrayogini sont l'embrassement de la compassion et de la connaissance discriminante. Les heruka sont la manifestation active de l'éveil, les moyens habiles, la félicité. Les dakini sont imprévisibles et joueuses, elles représentent la compassion, la vacuité et l'intellect. Leur union montre que l'action appropriée et juste est impossible sans compassion, que l'activité ne peut être effective sans la vision claire de l'intellect et que la félicité est irréalisable sans la vacuité.

La dakini embrasse le heruka comme s'il était l'univers lui-même. Contrairement à certaines idées reçues, ces deux déités ne sont pas liées aux hommes et aux femmes. Un être humain n'est être humain que s'il rassemble en lui ces deux énergies fondamentales.

Si, en union, la déité représente l'entièreté de l'esprit d'éveil, l'élément féminin seule incarne cependant aussi l'entièreté de l'éveil – entendu comme la transformation continuelle de la réalité illusoire.

4. *Yidam courroucés, paisibles et semi-courroucés*

Dans le Mahayana, le bodhisattva ne peut en aucun cas exprimer de la colère ou de l'hostilité, même à des fins positives, alors que dans le Vajrayana le pratiquant cherche à se relier directement aux pouvoirs présents dans les différentes émotions : « Pour transmuter la force de la colère, il y a des déités d'apparence féroce ou courroucée. S'il s'agit de transformer l'énergie de la passion et du désir, les déités sont alors représentées sous des aspects plus érotiques[1]. »

Il y a ainsi fondamentalement trois sortes de yidam, ceux qui sont paisibles, ceux qui sont en partie courroucés et ceux qui sont entièrement courroucés.

Les yidam paisibles inspirent de la douceur et font apparaître l'inutilité de toute agression. Ils portent des ornements des anciens rois aryens. Plutôt que de détruire l'hésitation de l'ego, ces yidam la pacifient et l'apprivoisent. Il faut souligner que leur pureté, contrairement à certaines idées reçues, est à ce point paisible qu'elle peut avoir un effet irritant. Les divinités paisibles masculines et féminines sont respectivement nommées les bhagavat et bhagavati, les glorieux.

Des déités semi-paisibles sont décrites comme l'union de la passion et de la colère. Ils attirent et rejettent en même temps.

Les yidam courroucés sont l'expression de la colère vajra, qui est une puissance invincible dénuée de toute haine. Le caractère indestructible et imperturbable de cette force vient du fait qu'elle n'est pas créée, mais reconnue dans sa qualité originelle.

L'état courroucé pourfend toutes les hésitations qui proviennent d'un manque de confiance dans sa propre nature. Les yidam courroucés détruisent sur-le-champ la passion, l'agression et l'illusion. Ils anéantissent les obstacles externe et interne, mondain et spirituel. Ils sont l'aspect abrupt de la gravité de l'existence ; le monde n'est pas constitué uniquement de sucre d'orge et de contes de fées.

En général les figures courroucées portent une couronne de cinq crânes, des guirlandes de cinquante-deux têtes de morts, six ornements d'os et les ornements de joyaux.

La plupart des déités masculines portent des peaux de tigre, tandis que les déités féminines portent des peaux de léopard. Peuvent aussi être portées des parures en peau

1. Le Dalaï-Lama, *Kalacakra. Enseignements préliminaires et initiations*, Marzens (81500), Éditions Vajra Yogini, 1998, p. 75.

Vajrakilaya, déité courroucée qui tient le *p'ourba* ou *kila*,
dague pyramidale qui détruit les obstacles

d'éléphant qui représentent la force et des parures en peau humaine qui représentent la compassion.

5. Description de quelques déités

Si les différents bouddhas et bodhisattvas peuvent être pris comme des supports de méditation – il existe ainsi de nombreuses sadhana consacrées à Tara ou à Avalokiteshvara –, un grand nombre de déités sont uniquement connues comme des yidam.

On peut distinguer trois niveaux de déités. Tout d'abord celles qui sont subordonnées à un bodhisattva. Elles accomplissent des tâches spécifiques comme rassembler les êtres auxquels le bodhisattva va enseigner. Elles peuvent aussi personnifier des attributs du bodhisattva, comme sa sagesse adamantine ou l'autorité de sa parole.

Dans une seconde phase, les déités deviennent indépendantes et ont même souvent leurs propres suites de gardiens. Elles convertissent des disciples ou détruisent les obstacles. Elles ne sont plus subordonnées à un bodhisattva mais correspondent à l'un des cinq bouddhas.

Enfin certaines déités, comme Vajrayogini et Cakrasamvara, sont considérées comme des visages du Bouddha lui-même et jouent dans les tantra un rôle plus important que celui du Bouddha historique. C'est cette dernière phase du développement du bouddhisme ésotérique indien qui tient un rôle central au Tibet[1].

Comme il existe de très nombreuses déités, nous n'en présentons ici que quelques-unes.

1. Nous suivons avec la présentation de ces trois phases la classification très éclairante de Rob Linrothe, dans *Ruthless Compassion, Wrathful Deities in Early Indo-tibetan Esoteric Buddhist*, Boston, Shambhala Publications, 1999.

Yamantaka, « qui met fin à Yama, le Seigneur de la Mort »

Yamantaka

Yamantaka est le destructeur du Seigneur de la Mort. Il incarne l'aspect impitoyable de la connaissance pure qui n'est limitée par rien. Sa forme terrifiante effraie et fait fuir le moi créateur de la souffrance.

La pratique de Yamantaka a pour fonction particulière de faire accroître la sagesse de la vacuité – ce qui protège le pratiquant de tous les obstacles qu'il peut rencontrer.

Yamantaka peut aussi bien revêtir le premier niveau de déité et être un serviteur de Manjushri. Il joue alors un rôle de protection et de purification, et est toujours représenté à côté de Manjushri qui est beaucoup plus grand que lui. Il est son serviteur courroucé.

Dans le second ordre, il *est* l'aspect courroucé et actif de Manjushri lui-même. La représentation de Yamantaka ne le lie plus au bodhisattva ou à une autre figure proéminente. Il se transforme et a dès lors six visages et six bras, un ventre proéminent et se tient debout sur un buffle.

Il peut aussi se transformer en Vajrabhairava, « vajra le terrible », pour devenir un aspect de l'éveil lui-même. Sa forme évolue, il n'a plus six bras, mais trente-quatre en éventail tenant les objets symboles de l'illumination, et ses seize jambes marquent les seize types de faute. Il est alors un yidam au plein sens du terme, demeurant au centre d'un mandala.

Guhyasamaja

Guhyasamaja est un mot sanscrit qui signifie « union secrète ». Il est de couleur bleu sombre. Il a trois visages, celui de face est bleu et féroce, celui de droite est blanc et paisible et celui de gauche est rouge.

Le yab et le youm de cette déité ont chacun six bras. Les deux bras supérieurs du youm encerclent le cou du yab qui l'embrasse avec ses deux bras. Dans leurs mains libres, ils tiennent une roue et une fleur de lotus, et dans leurs mains gauches un joyau et une épée.

Expression d'Akshobya sous forme de déité en union, Guhyasamaja joue un rôle central dans la lignée Guélougpa, Tsongkhapa son fondateur lui consacra même cinq volumes. Le *Guhyasamaja Tantra* fut l'un des premiers à être traduit en tibétain (à chaque déité correspond un tantra à partir duquel furent écrits des saddhana, qui sont les textes permettant la contemplation du yidam).

Hevajra

Hevajra a quatre jambes qui représentent la destruction des quatre Mara ; huit têtes selon les huit libérations, et seize bras pour les seize sortes de vacuités, il tient un crâne contenant des substances spécifiques (*kapala*). Il a la maîtrise universelle sur toutes choses et sur tous les êtres, vivants ou morts. Il est souvent représenté en union avec sa partenaire Nairatmya.

Il était le yidam principal de Marpa, le traducteur, qui est un des pères fondateurs de l'école Kagyü. Il est cependant pratiqué aujourd'hui principalement au sein de l'école Sakyapa, dont il est la divinité tutélaire.

Kalacakra

Kalacakra est la déité correspondant à l'un des plus importants tantra du bouddhisme tibétain présents dans toutes les écoles.

Une année après l'illumination du Bouddha, le roi Dawa Zangpo, du royaume mythique de Shambhala, demanda au Bouddha de recevoir les enseignements tantriques. C'est ainsi que l'Éveillé se manifesta dans le sud de l'Inde sous la forme de Kalacakra. Il conféra l'initiation complète ainsi que les explications de ce tantra au moment même où il révélait les discours de la *Prajna Paramita* sur le pic des Vautours.

Plus tard, deux pandit indiens visitèrent le pays de

Shambhala et reçurent les enseignements du Kalacakra. À leur retour chez eux, ils commencèrent à transmettre ces précieux enseignements.

Il existe de nombreuses discussions pour savoir où se situe ce pays. Selon le *Grand Commentaire sur le Kalacakra* de Mip'am, illustre maître bouddhiste du XIXe siècle, le pays de Shambhala serait situé au nord de la rivière Sita et divisé par huit chaînes de montagnes. Le palais des Rigden, les souverains impériaux de Shambhala, est bâti au sommet d'une montagne circulaire qui se trouve au centre du pays. D'après Mip'am, cette montagne se nomme Kaïlasa. Le palais, qui porte le nom de palais de Kalapa, s'étend sur plusieurs kilomètres carrés[1]. Mais il semble que son existence se situe à un autre niveau de réalité et il demeure invisible à un être ordinaire.

Le royaume de Shambhala est une source d'inspiration très importante dans tous les pays de la route de la soie comme l'exemple d'une société où tous ses membres se consacrent à la pratique de l'éveil.

Des prophéties affirment qu'à la fin du XXIIIe siècle, à l'issue d'une guerre interplanétaire, le roi de Shambhala établira son pouvoir sur toutes les nations, inaugurant une ère de bonheur et de prospérité spirituelle.

Le yidam Kalacakra a quatre visages, vingt-quatre bras et deux jambes. Le visage frontal est bleu avec une légère expression courroucée, les canines sont apparentes. Le visage de droite est rouge, celui de gauche est blanc et celui de derrière est jaune. Chacune de ces faces a trois yeux. Les huit bras inférieurs sont bleus, les huit intermédiaires sont rouges et les huit supérieurs blancs. Le corps de la déité est bleu. Chaque élément de son corps est porteur d'un symbolisme lié au subtil tantra du Kalacakra qui articule le microcosme qu'est l'être humain et le macrocosme du monde. Ainsi, par exemple, sa jambe rouge à droite et sa

1. Chögyam Trungpa, *Shambhala, la voie sacrée du guerrier*, trad. Richard Gravel, Paris, Éditions du Seuil, 1990, p. 28.

jambe blanche à gauche symbolisent la division de l'année en « moments » égaux, les *ayana*, ou déclinaison septentrionale du soleil, du 21 décembre au 21 juin, et déclinaison méridionale du soleil, du 21 juin au 21 décembre. Au plan interne, les deux jambes de la déité figurent la respiration alternée, avec la jambe gauche blanche pour les souffles lunaires et la jambe droite rouge pour les souffles solaires [1].

6. La notion de symbolisme

En décrivant les différentes déités et leurs attributs nous entrons dans le domaine du symbolisme. Cette notion est d'autant plus difficile à comprendre que l'on entend spontanément par symbole l'image d'une autre réalité, le feu étant par exemple compris comme le symbole de la passion. Dans le langage traditionnel, le feu n'est cependant pas une évocation de la passion. Plus justement, quand il y a passion, il faut, pour la voir, lui donner son « image ».

Symballein, d'où vient notre mot symbole, signifie mettre ensemble, « unir en un tout désormais premier ce qui, avant cette mise-ensemble, est autre [2] ». Support à la méditation, les symboles constituent le seul langage qui convient réellement à l'expression des vérités de l'ordre initiatique. Pour cela, aucune explication des symboles ne peut être complète, car le symbole dépasse toute compréhension : « Ainsi le symbole, pour qui parviendra à pénétrer sa signification profonde, pourra faire concevoir incomparablement plus que tout ce qu'il est possible d'exprimer directement ; aussi est-il le seul moyen de transmettre, autant qu'il se peut,

1. Voir, sur ce sujet, le travail de Sofia Stril-Rever, *Le Tantra de Kalacakra. Anatomie et astrologie subtiles de la « Roue du Temps »*, qui est une traduction et une présentation (remarquable) du deuxième livre du tantra de Kalacakra.

2. François Fédier, *Interprétations*, Paris, PUF, 1985, p. 41.

Le vajra, symbole immuable et indestructible de l'éveil qui dissipe et libère spontanément toutes les névroses

tout cet inexprimable qui constitue le domaine propre de l'initiation[1]... »

Les choses ne sont pas symboles d'autres choses, mais fondamentalement les symboles d'eux-mêmes ; elles ne renvoient pas à une autre réalité. Le feu ne renvoie pas à la passion, comme à une autre réalité qu'il ferait ainsi apparaître.

L'entraînement tantrique a pour objet d'amener les symboles (au départ, éventuellement de simples indices) au niveau d'une véritable présence. Les pratiques de visualisation et de contemplation sont ainsi des manières d'entrer en relation avec la complexité vivante du symbole, qui peut « mouvoir à la fois l'intellect, l'affectivité et le corps, ce dont la formulation abstraite est à jamais incapable[2] ».

René Guénon, qui a éclairé cette question avec une rare maîtrise, explique ainsi qu'il « est de l'essence même du symbolisme initiatique de ne pouvoir se réduire à des formules plus ou moins étroitement systématiques, comme celles où se complaît la philosophie profane ; le rôle des symboles est d'être le support de conceptions dont les possibilités d'extension sont véritablement illimitées, et toute expression n'est elle-même qu'un symbole, il faut donc toujours réserver la part de l'inexprimable, qui est même [...] ce qui importe le plus[3] ». En ce sens le symbolisme est la clef de voûte des méthodes d'enseignement et des pratiques traditionnelles en général. Il n'est pas une réalité abstraite comme nous avons tendance à le penser, mais tout au contraire l'élément de réalité le plus complet.

1. René Guénon, *Aperçus sur l'initiation*, *op. cit.*, p. 205.

2. Jean-Pierre Schnetzler, *La Franc-maçonnerie comme voie spirituelle*, Paris, Éditions Dervy, 1999, p. 21.

3. René Guénon, *L'Ésotérisme de Dante*, Paris, Gallimard, coll. « NRF », 1957, p. 74.

B. Les protecteurs et les déités locales

1. Dharmapala et mahakala

Les dharmapala sont une autre classe de dieux. Ils peuvent être des émanations souvent courroucées de bouddhas ou des puissances appartenant à d'autres religions apprivoisées par Guru Rinpotché, auquel elles ont fait le serment d'aider à « protéger la tradition bouddhiste et ses institutions contre ses adversaires, aussi bien que préserver l'intégrité de ses enseignements[1] ».

On peut ainsi distinguer, parmi les dharmapala, ceux qui sont soumis au devenir et sont pris dans les six classes d'êtres, et les déités de haut rang (ou dharmapala de sagesse) qui habitent au-delà des six sphères d'existence.

Les deux types principaux de dharmapala sont les mahakala (masculins) et les mahakali (féminins) d'un côté et les lokapala de l'autre.

La plupart des dharmapala sont courroucés. Ils portent les ornements et les attributs des heruka.

Les mahakala sont généralement noirs ou d'une couleur sombre, *maha* signifiant grand et *kala* ou *kali*, noir.

Leur rôle est d'abord de protéger l'intégrité de l'enseignement et ensuite d'aider à transmuter les énergies confuses de l'environnement. Les dharmapala sont des forces réelles, qui font partie de l'activité de la lignée éveillée, et qui incarnent cette activité de transmutation. Le « point de vue » des dharmapala de sagesse est donc d'un ordre très avancé. Selon lui, dans la pureté toute victorieuse de la nature fondamentale, tout peut être transmuté et toute négativité peut être dépassée. L'ouverture peut s'ouvrir elle-même et la tendance destructive peut se détruire elle-

1. Réne de Nebesky-Wojkowitz, *Oracles and Demons of Tibet. The Cult and Iconography of The Tibetan Protective Deities*, Delhi, Book Faith India, 1996, p. 3.

même. Comme le proclama Milarépa lorsqu'il s'établit immuablement dans sa réalisation, même en étant confronté à la force des attaques de la déesse Tseringma : « Aujourd'hui j'ai été témoin que tous les démons et les forces négatives sont devenus gardiens du Dharma. »

Il existe de nombreuses formes de mahakala.

Le mahakala de la tradition guélougpa

Ce mahakala est un aspect courroucé d'Avalokiteshvara, il est le dharmapala « le plus particulièrement satisfait par une conduite pure[1] ». Le Dalaï-Lama raconte l'histoire de sa relation avec les mahakala, où l'on voit l'intrication entre les divinités et leur support dans le monde, ici les corbeaux : « Le soir suivant la naissance du premier Dalaï-Lama, des bandits firent irruption dans la maison familiale. Les parents s'enfuirent en laissant l'enfant. Le lendemain, comme ils revenaient en se demandant ce qui était arrivé à leur fils, ils trouvèrent le nourrisson dans un coin de la maison. Un corbeau se tenait devant lui, le protégeant. Plus tard, lorsque le premier Dalaï-Lama grandit et progressa dans sa pratique spirituelle, il eut un contact direct durant sa méditation avec la divinité protectrice mahakala. Mahakala lui dit alors : “Quelqu'un comme vous qui êtes détenteur de l'enseignement du Bouddha a besoin d'un protecteur comme moi. Le jour même de ta naissance, je t'ai aidé[2].” »

Le mahakala à six bras

Une légende rapporte que le mahakala à six bras est né d'Avalokiteshvara. Ce dernier en constatant qu'après des éons d'activité il restait presque autant d'êtres prisonniers

1. Le Dalaï-Lama, *Le Yoga de la sagesse*, Paris, Presses du Châtelet, 1999, p. 107.

2. Le Dalaï-Lama, entretien avec John Avédon en 1980, dans *Une politique de la bonté*, Vernègues, Claire Lumière, 1993, p. 132.

de la souffrance fut un jour découragé. Ce découragement brisa sa promesse d'œuvrer sans repos pour le bien de tous et son corps éclata en morceaux. Le bouddha Amitabha recomposa son corps, lui donnant mille bras et onze tête.

Avalokiteshvara, ainsi recomposé, restait inquiet : « Comment accomplir sa mission de travailler sans relâche à la libération des êtres ? » Il décida de prendre une forme irritée, prompte et puissante. Il émit la syllabe HUM, d'une couleur bleu-noir, qui se transforma en mahakala à six bras.

Dansant au milieu d'un halo de flamme, vêtu d'une dépouille d'éléphant et d'une peau de tigre, paré d'ornements funéraires symbole de la mort de l'égocentrisme, brandissant diverses armes, roulant d'énormes yeux et découvrant ses canines, la divinité veille farouchement sur la sécurité de ceux qui avancent sur le chemin spirituel.

Le rôle principal des mahakala est d'accomplir les quatre karma des actions éveillées, c'est-à-dire pacifier, enrichir, magnétiser et détruire.

Les mahakali sont généralement montées sur des chevaux ou des mules et armées de lassos et de flèches. Elles sont prêtes à détruire tout ce qui obstrue l'attention. Ce que nous, Occidentaux, nous décririons comme le manque d'attention que nous éprouvons est présenté dans ce contexte comme des êtres qui sont la manifestation même de ce manque de présence d'esprit.

À partir de notre interprétation de la personne humaine comme intériorité, nous comprenons cela comme une déresponsabilisation. Cela nous renvoie en fait à notre conception très étroite de l'expérience, à notre seule conscience personnelle.

Les dharmapala sont l'activité même du monde phénoménal. Le fait de se coincer le doigt dans une porte, en ce qu'il nous ramène au moment présent, est le résultat de leur activité pleine de compassion, même si cette activité est violente. Les dharmapala ont une capacité de tromper ceux qui ne veulent pas avoir de rapport avec la réalité telle qu'elle est. Le Dalaï-Lama explique que dans sa tra-

Le mahakala aux quatre bras

dition Kadampa, « le dharmapala ultime est la loi de cause à effet, car c'est elle qui détermine notre futur et peut nous protéger des maux... [1] ».

2. Les lokapala ou déités « mondaines »

Les lokapala (protecteurs locaux) et lokadeva (déités locales) sont des divinités qui ne faisaient pas partie du panthéon du bouddhisme indien mais qui jouent un rôle important dans le bouddhisme tibétain.

La traduction par « local » ne permet pas de comprendre parfaitement ce dont il s'agit. Il faudrait plutôt parler de déités « du monde ». Car celles-ci sont en fait l'expression même de la vie du monde. On pourrait alors distinguer Ganeshvara, une déité « mondaine », des déités comme Amitabha ou Tara, qui sont des principes de l'éveil, et en ce sens « au-delà du monde » (*lokottara*).

Notre rapport à ces déités « mondaines » doit se limiter à leur demander protection et assistance, mais le pratiquant ne s'en remettra pas à elles pour qu'elles le guident sur le chemin spirituel.

3. Les quatre gardiens

Les gardiens des quatre directions proviennent du panthéon indien. Ils sont les protecteurs qui empêchent les esprits négatifs d'entrer dans les lieux consacrés. Leur nom lokapala en sanscrit les désigne sans ambiguïté puisque ce terme désigne les gardiens des (quatre) directions. Ce sont des protecteurs qui vivent dans le monde : il leur a été confié la responsabilité de protéger le dharma, et tout particulièrement les lieux où il est enseigné.

Ils ont pour lieu de résidence le sommet plat du mont Meru, axe de l'univers dans la cosmologie traditionnelle,

1. Le Dalaï-Lama, *Le Yoga de la sagesse*, *op. cit.*, p. 111.

dans quatre palais situés chacun aux quatre points cardinaux. De là, ils peuvent surveiller le monde et protéger le dharma. Les Tibétains les nomment souvent les quatre grands rois, car ils règnent en souverain sur la direction géographique dont ils ont la charge.

Par ailleurs chaque souverain règne sur une catégorie d'esprits particuliers.

Dhritarashtra (t. Yulkhorkhyong), « protecteur de l'horizon »

Il est le gardien de l'est. Il règne sur le monde des gandharva (t. Dri-za). Bien connus du panthéon brahmanique, les gandharva sont des sortes de demi-dieux qui, comme musiciens et chanteurs, prennent part aux festins des dieux. Il est généralement blanc. On lui attribue quatre-vingt-onze fils qui, comme lui, travaillent à la protection de l'enseignement du Bouddha.

Quel que soit le son qu'il entend, il le renvoie à sa provenance causant une profonde souffrance à celui qui l'a émis. Pour éviter de faire ainsi du tort, il se recouvre les oreilles avec les rabats de son casque et joue du luth, afin de n'entendre aucun autre son.

Virudhaka (t. P'akyêpo), « homme à la dépouille »

Il est le gardien du sud. Il règne sur le monde des khumbhanda, des êtres violents qui demeurent dans le royaume céleste du désir. Il est bleu. À la place du heaume que portent les autres rois, il est couvert d'une dépouille d'éléphant dont on voit la tête.

Son toucher est dangereux pour tous les êtres, aussi tient-il une épée prête à sortir de son fourreau pour éviter qu'on l'approche et se fasse mal à son contact.

Dhritarashtra et Virudhaka furent naga dans leurs vies précédentes. Après avoir entendu le bouddha Kashyapa, ils prirent refuge dans le dharma, décidant de consacrer leur vie à le protéger. Ce dernier leur montra comment dorénavant ne plus craindre les gar pourchassaient. Comme fruit de leurs vœux, une nouvelle naissance comme roi gardien.

Virupaksa (t. Tchenmizang) « mauvais œil »

Il est le gardien de l'ouest. Il est rouge orangé et règne sur le monde des naga. Son regard étant venimeux, il fixe des yeux un petit stupa qu'il tient dans la main et évite ainsi de nuire à qui que ce soit.

Vaishravana (t. Namtösê), « le fils qui entend tout »

Il est le gardien du nord. Il est jaune, symbole de richesse. Et en effet son palais, situé dans la partie nord du sommet du mont Meru, est d'une incroyable richesse. Chacun de ses côtés est bordé de deux mille cinq cents colonnes de cristal, de rubis, de lapis-lazuli et d'or. Selon la tradition hindoue, Vaishravana pratiqua avec austérité pendant mille ans. Pour le récompenser, Brahmâ l'éleva au rang des dieux, lui conférant l'immortalité et faisant de lui le gardien des richesses de la terre, avec mission de les distribuer à ceux qui sont destinés à les recevoir.

Le soleil est représenté au-dessus de son épaule gauche et la lune au-dessus de son épaule droite. Dans la mythologie hindoue, d'où il est issu, Vaishravana est présenté comme étant le fils d'un érudit et d'une femme appartenant au groupe d'esprits mangeurs de chair appelés yaksha. Sortes de génies de la nature, les yaksha sont des êtres semi-divins.

Dans une vie précédente, Virupaksa et Vaishravana, étaient deux garuda qui oppressaient continuellement les naga, en raison de la lutte que se livrent ces deux espèces d'êtres.

Un jour, comme à leur habitude, ils se mirent à attaquer deux naga, mais ils ne parvinrent pas à les vaincre. Ne comprenant pas les raisons de leur échec ils demandèrent aux naga ce qui les avait rendus invincibles. Les naga leur répondirent que le bouddha Kashyapa leur avait conféré ce pouvoir. Ayant écouté ses enseignements, les deux garuda prirent refuge dans le dharma. Ils devinrent inséparables des deux naga et souhaitèrent à leur tour devenir les gardiens du dharma.

Vaishravana épousa lui-même une princesse des naga, et les yaksha firent de lui leur roi. Il assuma des fonctions guerrières, défendant notamment les dieux (deva) contre les dieux jaloux (asura). Au cours d'une bataille, il prit la forme d'un serpent dont l'haleine venimeuse défia les asura. Il est dit que, depuis ce jour, il garde la bouche close pour éviter d'empoisonner ceux qui l'approchent.

Ces quatre rois jouèrent, selon les Tibétains, un rôle important lors des différents épisodes de la vie du Bouddha.

Ils lui rendirent visite alors que celui-ci demeurait encore dans le ciel de Tushita. Ils escortèrent ensuite sa mère Maya lorsque, se rendant au parc de Lumbini, elle accoucha. Ils assistèrent à la naissance et reçurent l'enfant sur une peau de tigre. Lorsque le prince Gautama décida de renoncer au monde pour embrasser la vie de moine errant, ils l'aidèrent à quitter son palais, dont les lourdes portes étaient fermées et soigneusement gardées.

À la fin de la longue période de jeûne et de méditation faisant suite à son illumination, c'est encore de chacun des quatre rois que Sakyamuni reçut un bol de nourriture. On raconte que, pour n'offenser aucun des donateurs, le Bouddha accepta les quatre récipients ; il les empila les uns sur les autres dans sa main gauche et les fit miraculeusement se transformer en un seul.

La plupart des déités mondaines ne proviennent pas du panthéon indien, et portent des vêtements tibétains, souvent des armures et des bottes de Mongolie. Elles arborent les signes de la religion indigène tibétaine : miroirs, lassos, lances et nœuds magiques. Leurs formes sont grotesques et horribles, et rappellent le style de l'Asie centrale. Certaines sont les incarnations de sites importants comme les rivières, les montagnes ou certaines plaines. D'autres sont très nuisibles à l'homme et peuvent les empoisonner. D'autres enfin prennent la forme d'animaux proprement tibétains comme le yak.

C. Le guru, source de toutes les grâces

Le troisième objet de refuge dans le tantra, qui est en fait le premier et le plus important, est le guru. Il est l'aspect le plus étonnant du panthéon bouddhiste du Vajrayana. En effet, le maître est considéré comme étant encore plus important que toutes les déités, car lui seul peut nous conduire à eux. Comme l'explique le Dalaï-Lama : « Bien que les divinités de méditation [yidam] aient une puissance extraordinaire, et que les bouddhas aussi possèdent de grandes qualités, nous n'avons pas la capacité de les voir et ils ne nous sont pas directement accessibles. Mais toutes les transmissions des pratiques profondes et vastes nous ont été données dans leur intégralité, et au travers d'une lignée ininterrompue partant du Bouddha lui-même, par nos *guru* racines [1]. »

La nature de l'éveil est en chacun, nous sommes tous virtuellement éveillés, mais, sans la rencontre avec un maître qui détient la sagesse et la grâce de la lignée, cette essence de la bouddhéité ne s'épanouira jamais. Le bouddha Sakyamuni a quitté ce monde il y a plus de deux mille ans, tandis que les autres bouddhas, tels Amitabha et Vajrasattva, demeurent dans leurs terres pures respectives. Ils ont atteint l'éveil complet, mais les êtres dont l'esprit reste plongé dans l'obscurité ne peuvent pas les rencontrer en personne ni écouter leurs précieuses instructions. Le guru,

1. *Ibid.*, p. 16.

parce qu'il est vivant, parce que je peux lui parler, parce qu'il peut travailler directement avec moi, parce que sa présence n'est pas une abstraction modelable selon mes propres désirs ou mes projections, est essentiel.

Dans la tradition du bouddhisme tibétain, il tient ainsi le rôle central, car c'est en lui que prend naissance ce que nous nommons communément religion.

Que veut dire ce mot de religion ?

Le terme religion est un mot latin, il « voulait dire littéralement *re-ligare* : être lié en arrière, obligé à l'effort énorme, presque surhumain et par conséquent toujours légendaire pour poser les fondations, édifier la pierre d'angle, fonder pour l'éternité [1] », écrit Hannah Arendt. Ce rapport au passé donne la solidité sur laquelle peut s'appuyer la *République (res publica)*. La religion romaine, en ce qu'elle sanctionne l'autorité, est fondation politique d'une communauté. L'activité religieuse et l'activité politique sont ainsi liées chez les Romains ; la sanction politique est fondée religieusement.

L'Église va hériter de cette conception de la religion : « L'Église devint si "romaine" et s'adapta si parfaitement à la pensée romaine dans les choses de la politique qu'elle fit de la mort et de la résurrection du Christ la pierre angulaire d'une nouvelle fondation et érigea sur cette fondation une institution humaine nouvelle d'une stabilité fantastique [2]. » La fondation de l'Église catholique répète en ce sens celle de la fondation de la cité de Rome.

Le cœur d'une telle approche du divin est la *prêtrise*, c'est-à-dire le scrupule à lire comme il faut les signes de la divinité.

Le rapport des Grecs à leurs dieux est tout autre. Les prêtres en Grèce n'ont pas un rôle institutionnel. Sophocle fut nommé prêtre, parce qu'il était le plus grand tragédien.

1. Hannah Arendt, « Qu'est-ce que l'autorité ? », *La Crise de la culture*, trad. Patrick Lévy, Paris, Gallimard, 1972, p. 160.

2. *Ibid.*, p. 164, 165.

Nous sommes dans un tout autre monde ! Les dieux, présents partout, sont l'apparition de ce qui est le plus manifeste. Dans le monde homérique, les dieux sont si présents qu'il faut même faire attention que tout être vivant que l'on rencontre ne soit pas un dieu. Un Grec qui rencontre un beau jeune homme sur la route lui demandera volontiers : es-tu un homme ou un dieu ? On ne peut mieux faire apparaître leur manifeste présence ! Le rapport grec aux dieux n'est pas abstrait, mais repose sur une expérience pleine. Comme le disait Héraclite, « l'homme habite, pour autant qu'il est homme, dans la proximité du dieu » (*Fragment 119*).

Dans le bouddhisme tibétain, le rapport aux dieux est tout autre, n'étant évidemment ni romain (et par suite catholique romain), ni grec. Il faut le penser à partir de lui-même. L'indigence des discussions pour savoir si le bouddhisme est une philosophie ou une religion s'explique ainsi par un emploi de concepts jamais explicités qui ne peuvent renvoyer à la vérité d'une tradition où le rapport à la pensée et aux dieux a pris un tout autre visage que celui auquel nous sommes habitués.

Le paradoxe le plus puissant est que, si l'on veut saisir le phénomène propre au bouddhisme du Grand Véhicule, son centre est le guru. Oui, plus même que n'importe quelle divinité, plus important même que le Bouddha est le guru. Il est celui qui présente les enseignements. Il introduit le pratiquant à la nature même de la réalité, lui présente la déité. Le maître nous confère l'initiation qui est comme un rendez-vous avec la déité. Il ne peut nous transmettre un tel pouvoir (*abhisheka*) que parce qu'il a reçu lui-même l'initiation de son maître, et parce qu'il a une expérience personnelle et directe de la déité. Il est le gardien de la tradition. Ce n'est pas lui qui est important, mais ce dont il est le gardien. (En langage ésotérique, il a reçu l'initiation virtuelle qu'il a complètement éprouvée et mise en œuvre, et est donc apte à la transmettre à son tour.) Il n'existe pas de divinité qui soit distincte par nature du guru.

Comme les êtres sont différents, il existe des maîtres différents, qui enseignent chacun à partir de leur expérience propre. Étudier auprès d'un maître, c'est apprendre à partager son expérience et apprendre à voir le monde comme il le voit.

Le point le plus provocant de la doctrine bouddhiste sur les dieux est son affirmation que tout homme a la capacité de devenir semblable à un dieu, ce que fait ainsi apparaître le rôle central du guru. Il n'y a ici nulle distinction d'essence entre l'ordre humain et l'ordre divin. En pratiquant la méditation il est possible de se libérer du cycle des existences dont, rappelons-le, les dieux ordinaires (*deva*) sont prisonniers.

Dilgo Khyentsé, un des grands maîtres de notre siècle, fait apparaître toute l'amplitude du rapport d'un disciple à son guru : « Le maître est le grand vaisseau qui porte les êtres engagés dans la dangereuse traversée de l'océan de l'existence ; il est aussi l'infaillible capitaine qui guide ses passagers vers la terre de la libération ; il est la pluie qui éteint le feu des passions. Semblable à l'éclat du soleil et de la lune, il déchire les ténèbres de l'ignorance ; il est la terre ferme capable de porter à la fois le poids du bien et du mal[1]. »

On sent dans ce texte toute l'émotion propre à cette relation, qui inclut véritablement tout ce que nous sommes, et s'adresse à l'entièreté de tout notre être. Le dieu apparaît dans la lumière du guru, parfois même son visage reprend les traits de celui du maître, pour guider ainsi le pratiquant vers leur unité inséparable.

Le rapport au maître n'est cependant pas le moins du monde, comme on le pense souvent en Occident, un rapport de soumission aveugle, le terme de « gourou » désignant même dans l'opinion courante une sorte de dicta-

1. Dilgo Khyentsé, *La Fontaine de grâce*, trad. Comité de traduction Padmakara, Saint-Léon-sur-Vézère, Éditions Padmakara, 1995, p. 27.

teur dangereux auquel des disciples sacrifient leur liberté. Tout au contraire, dans la tradition bouddhiste véritable, la dévotion pour le maître est ce qui nous éclaire d'une lumière telle qu'elle donne l'étalon de toute mesure possible. La liberté qu'il incarne est libération de tous conditionnements et emprisonnements.

Fondamentalement le maître externe n'est là que pour indiquer le maître à l'intérieur de nous. Comme le disait Platon, dans notre monde, « tout ce que l'homme apprend est déjà en lui ». Le véritable guru « se trouve dans l'homme lui-même et non point dans le monde extérieur, quoiqu'une aide extérieure puisse être utile au début, pour préparer l'homme à trouver en lui et par lui-même ce qu'il ne peut trouver ailleurs et particulièrement ce qui est au-dessus du niveau de la connaissance rationnelle [1] ».

Le maître nous renvoie ainsi toujours plus profondément à nous-même. Rien n'est plus absurde que de vouloir imiter le maître en le copiant. Il n'existe pas de chemin déjà tracé. Nous devons le construire en même temps que nous entrons toujours plus honnêtement en relation avec nous-même.

Le mot sanscrit *guru* désigne « ce qui a un poids en soi-même ». Le mot tibétain est *lama*, *la* signifie ce qui est le plus précieux, *ma* signifie la mère. Comme une mère a naturellement amour et compassion pour ses enfants nouveau-nés et agit avec amour et compassion pour leur bénéfice, de même le maître agit avec compassion pour le bénéfice de tous les êtres. Dans ce contexte, le chemin du pratiquant est celui de la dévotion.

Qu'est-ce que la dévotion ? C'est le cœur même du chemin spirituel dans le Vajrayana. Elle naît de la découverte que la liberté de l'esprit est pleinement disponible en nous : il n'y a rien de caché derrière, il n'y a rien qui nous manque. La dévotion est le sentiment que l'on a rencontré, cette expérience de pleine présence chez le maître. Il prouve que cette ouverture fondamentale n'est pas un

1. René Guénon, *Mélanges*, *op. cit.*, p. 55.

mythe, que cet aperçu peut être cultivé. Il nous inspire à retourner toujours plus radicalement vers notre propre source.

En ce sens, la dévotion est le message ultime du bouddhisme, il n'y a pas de chemin plus rapide et direct que celui-ci.

Sans la dévotion, il n'est pas possible d'aller au-delà du développement de la présence attentive (Shamatha-Vipashyana). Les enseignements du Vajrayana insistent sur le fait que la présence est beaucoup plus vaste et radicale que la simple attention, elle est union vivante de la vacuité de la luminosité, une intelligence et une clarté accrues et presque abruptes, auxquelles seul le maître peut nous introduire.

Quand le guru meurt, il ne disparaît pas, ce n'est que le guru relatif qui disparaît, mais ce qu'il a montré est d'une présence toujours aussi irradiante. Les pratiquants qui vivent la mort de leurs maîtres racontent comment, à ce moment, sa présence semble encore plus disponible, n'étant plus liée à son seul corps.

Enfin il faut préciser que le rapport au maître n'implique nullement que l'étudiant soit en permanence avec le maître comme on le croit souvent en Occident. Ce dernier n'est pas une baby-sitter, même s'il peut entrer en relation avec tous les aspects de la vie de son étudiant. Gampopa (1079-1153), qui fut l'un des plus grands maîtres de son temps, ne vit son maître Milarépa (1052-1135) que durant de courts moments, quelques mois tout au plus.

CHAPITRE III

La mythologie de la route de la soie

A. Les deva (les dieux indiens) et les asura

Nous avons déjà abordé les différences de nature entre bouddhas et bodhisattvas, yidam et protecteurs, il nous faut maintenant décrire un autre ordre de déités bouddhistes : les deva.

Une partie des deva provient du panthéon du bouddhisme indien. Les bouddhistes ne les prient pas pour leur salut, mais uniquement pour des problèmes relatifs : favoriser les cultures, guérir les maladies...

Le bouddhisme des écoles anciennes n'avait pas renié formellement les divinités brahmaniques, mais, au lieu de leur rendre un culte, il les considérait comme des divinités mineures au service du dharma. Ces déités, tel Indra, le dieu védique de la guerre, Brahmâ, le dieu créateur, ou encore Agni, le dieu du feu, furent convertis par le Bouddha en serviteurs de ses enseignements et ils assistèrent avec ferveur aux sermons de ce dernier. Disciplinées et astreintes à un serment (samaya), ces divinités mondaines se soumettent ainsi à la parole du Bouddha. Dans les représentations, elles sont assises juste en dessous des bodhisattvas.

La présence des dieux indiens[1] dans le panthéon bouddhiste a donné du souci aux spécialistes qui se sont demandé

1. Sur cette question voir entre autre Macdonald, *Le Mandala de Manjusrimulakalpa*, Paris, Collection Jean Przyluski, vol. III, 1962.

s'il y avait une continuité entre le bouddhisme et l'hindouisme.

Certains savants pensent que le bouddhisme, plutôt que d'avoir intégré des divinités étrangères, plonge ses racines dans un fond commun. Les divinités panindiennes ont le droit de cité dans la cosmologie bouddhiste comme dans toute autre religion indienne. Il faut cependant souligner que dans le bouddhisme, malgré l'identité de leurs noms et même de leurs signalements iconographiques, leurs fonctions sont différentes.

Fidèle à sa compréhension de la nature de la réalité, le bouddhisme considère les deva comme des manifestations contingentes : « Le monde entier peut alors apparaître comme une vaste scène sur laquelle se déploie l'activité salvifique du Bouddha et des bodhisattvas ; et dans une perspective totale les divinités de l'Inde elles aussi font nécessairement partie intégrante du tout[1]. »

Brahmâ et Indra

Les déités hindoues furent converties de différentes manières. Certains, comme Brahmâ et Indra, devinrent des disciples du Bouddha avant même qu'il n'atteignît l'éveil complet, alors qu'il donnait des enseignements dans le ciel de Tushita pour les dieux et les bodhisattvas. Ils firent partie de l'aide divine qui s'assura de la réussite du projet du Bouddha sur terre.

Brahmâ est le premier membre de la triade hindoue (Brahmâ, Shiva, Vishnu). Il est souvent représenté, vêtu comme un guerrier en armure chinoise, en compagnie d'Indra.

Il est considéré comme le chef du trente-troisième et dernier palais des dieux.

1. David Seyfort Ruegg, « Sur les rapports entre le bouddhisme et le "substrat religieux" indien et tibétain », Paris, *Journal asiatique*, 1964, p. 84.

Shiva

D'autres dieux hindous, tel Shiva, furent les ennemis du Bouddha. Dans la religion hindoue, que les Occidentaux nomment shivaïsme, Shiva est le dieu suprême, puisque pour les hindous le soi est le plus grand principe de vérité, ils adorent Shiva comme étant au-dessus de tous les dieux. Mais pour les bouddhistes qui tentent d'éliminer la croyance en un soi, Shiva, symbole du soi ultime, l'*atman,* incarne le pouvoir de l'ego. Les Tibétains l'évoquent sous le nom d'une de ses manifestations courroucées, *Rudra*, « le Terrible », « Celui qui hurle », qui comme personnification de l'ego est le cadavre sur lequel nombre de divinités tantriques reposent. Est ainsi signifié qu'elles demeurent sur le non-ego.

Il existe aussi d'autres récits où Shiva se convertit au bouddhisme. Dans l'un d'eux, Vajrasattva, l'essence de tous les bouddhas tantriques, l'apprivoisa et le convertit au cours de multiples épisodes.

Agni (Mélha)

Agni est une autre déité hindoue qui joue un rôle conséquent dans le bouddhisme tibétain. Il est un très bon exemple de la continuité des systèmes cosmologiques des religions de l'Asie. Et même s'il a pu exister dans le panthéon tibétain prébouddhiste, il a tout de suite été identifié avec le dieu indien.

L'histoire d'Agni commence avec la plus ancienne des religions asiatiques, les Veda indiens. Le feu y est considéré comme un messager qui présente les dons de la fumée aux dieux du ciel. Il remplit l'espace de ses flammes, et se manifeste soudainement comme une étincelle qui entre en contact avec un combustible.

Une des cérémonies centrales de la religion védique est la puja d'Agni, un sacrifice de feu. Dans cette cérémonie, le feu est considéré comme un dieu, et d'importantes offrandes lui sont offertes, jetées dans les flammes, comme manifestation de son corps. Les offrandes faites à Agni sont alors transmises à tous les dieux. En retour, le messager apporte les grâces divines sur ceux qui ont accompli la cérémonie.

La cérémonie du feu est accomplie par presque toutes les écoles du bouddhisme mahayaniste, du zen japonais au tantra tibétain. Les bouddhistes ne nient nullement l'origine hindoue de cette pratique, mais ils n'invoquent Agni que comme une déité mondaine. Ainsi dans le bouddhisme tibétain, la première partie de l'offrande est faite à Agni, afin de le satisfaire et de lui demander de laisser la place pour ériger le mandala du yidam qui est ensuite invité. Les offrandes principales sont faites à ce dernier. Puis il quitte le mandala et, de nouveau, Agni est convoqué et on lui offre les restes.

La classe d'êtres des deva

Le bouddhisme distingue six classes d'êtres correspondant à six mondes : le monde des enfers, celui des royaumes affamés, celui des animaux, le monde humain, celui des dieux jaloux et enfin celui des deva, sommet de ces six classes d'êtres.

Le mot sanscrit *deva* provient du radical *dei, qui signifie briller en indo-européen. Le mot deva est donc un doublet de notre mot dieu, comme du mot latin *deus*, ou du grec Zeus, le père des dieux. Cependant ils en diffèrent tout à fait, et les nommer dieux, selon l'usage, est trompeur. Leur caractéristique principale est l'insouciance, dans leur jouissance des perfections extérieures de leur royaume, ce qui les empêche de se tourner vers le dharma.

En fait les bouddhas, les bodhisattvas et les yidam, qui ne sont pas soumis au devenir, et ne font donc pas partie des six mondes, sont bien davantage ceux qui brillent comme le jour (*dies*).

Les deva ne sont pas permanents ou éternels, comme les dieux de la plupart des autres religions : « Ces divinités sont toujours assujetties à la loi de la maturation karmique qui régit le plan mondain dont ils relèvent[1]. » Certes ils jouissent de plaisirs bien supérieurs aux nôtres et ont une vie bien plus longue, mais ils restent néanmoins mortels et peuvent très bien retomber dans les mondes inférieurs. La loi, comme on traduit parfois le dharma, qui enseigne d'abord l'impermanence, concerne tous les êtres. Aussi les deva après un temps de félicité très long, ayant épuisé leurs mérites, retombent dans les enfers et parcourent à nouveau le cycle complet des six mondes. La plénitude d'être, dans laquelle ils demeurent, les aveugle, et ils ne peuvent se libérer de leur ignorance. Les hommes sont dans une meilleure situation, car ils sont les plus à même de sortir du cycle des renaissances qui constituent le samsara. Ils souffrent suffisamment pour s'ouvrir à la dimension de la vérité et ne pas demeurer dans la seule dimension aveuglante du plaisir spirituel. Ils connaissent aussi un bien-être suffisant pour avoir le loisir de se consacrer au chemin de la libération.

Selon la méditation hindouiste, l'enjeu est de renaître dans une plus haute caste, la plus haute étant celle des deva. Dans ce dessein, trois pratiques furent développées, la pratique de la générosité et des sacrifices, la pratique de l'ascétisme et celle de la concentration mentale.

Le Bouddha montra comment, selon lui, cela ne permettait pas d'atteindre l'éveil. Atteindre un niveau de concentration ne permet que d'atteindre l'état d'un deva. Les yogis bouddhistes ne pratiquent pas seulement la méditation visant au calme mental, mais cherchent à développer l'intelligence.

Le monde des deva est lui-même divisé en trois royaumes distincts, le premier est celui où demeure Indra ou Vishnu. Avec les cinq autres royaumes, il constitue le royaume du désir ou *kamaloka*.

1. *Ibid.*, p. 80.

Puis on trouve le royaume des deva aux formes pures, ou *rupaloka*, qui restent en samadhi sans agir. Les désirs sexuels et alimentaires ont disparu de cette sphère, mais la possibilité de jouissance demeure.

Enfin il existe la sphère où il n'y a plus de corps, ou *arupadhatu*, qui est le domaine strictement spirituel.

Les asura (lhamayin)

Les asura sont les anti-dieux, les « démons », de la mythologie védique et brahmanique, rivaux et ennemis des deva, à l'encontre desquels ils éprouvent une violente jalousie. Très puissants, habiles magiciens, on les a souvent comparés aux Titans de la mythologie grecque. Mais le conflit que les asura mènent contre les deva est constitutif de leur nature même. Les Titans, au contraire, sont « vaincus par Zeus et les Olympiens lors d'une lutte décisive pour la maîtrise du monde, ils sont précipités au fond du Tartare et tenus sous bonne garde[1] ». Les Olympiens ont ainsi institué un ordre nouveau, l'Olympe, alors que les asura, comme classe d'êtres, existent avec la même intensité que les autres classes d'êtres, et leur lutte n'est jamais achevée. Le bouddhisme associe les asura à la jalousie, et les deva a l'ignorance, chaque être des six mondes étant marqué par un klesha ou émotion conflictuelle particulière.

B. Divinités mineures et êtres particuliers

Dans le panthéon bouddhique, en dehors des divinités proprement dites et des divinités populaires ou syncrétiques, existent de nombreux êtres divins et éléments divinisés qui gravitent autour des divinités majeures.

1. Karl Reinhardt, *Eschyle*, trad. Emmanuel Martineau, Paris, Éditions de Minuit, 1972, p. 264.

Les raksasa

Présents dans toutes les épopées indiennes, les raksasa sont des démons, proches de nos vampires, qui peuvent revêtir à volonté n'importe quelle forme. Ils montrent les plus répréhensibles passions : gloutonnerie, luxure, violence, mensonge, tout au moins dans leurs rapports avec les dieux et les hommes. Ils habitent souvent les cimetières et tourmentent les êtres humains qu'ils aiment dévorer. Ils possèdent des crocs immenses, qui partent vers le haut comme vers le bas. Ils gardent la peau des hommes qu'ils ont mangés pour la revêtir, et utilisent leurs os pour les sculpter comme des ornements qu'ils aiment à porter.

De nombreuses histoires relatent comment une jeune rakshasi, tandis que son mari est absent, tombe amoureuse d'un héros et se transforme en belle jeune fille pour le séduire. Le héros doit ensuite se battre contre le mari de la sorcière, qui, empli de jalousie, se met très en colère.

Les raksasa vivent dans le continent mythique de Camara, où habite aussi Padmasambhava.

Cette forme d'êtres va jouer un rôle important dans l'iconographie tantrique, les mahakala étant des formes de raksasa.

Les garuda (namkhading)

Cet oiseau mythique, un faucon céleste, provient du panthéon brahmanique. Il naît soudainement d'un œuf en étant complètement développé.

Les garuda sont les ennemis mortels des naga, qu'ils détruisent et mangent. Le garuda, monture de Vishnu, a été adopté par le bouddhisme comme l'un des protecteurs de la loi bouddhique. Seuls les naga qui possèdent une relique bouddhique ou qui sont convertis au bouddhisme peuvent leur échapper.

C. Les mythes spécifiquement tibétains

À côté des dieux que nous venons de décrire, il existe les déités locales qui préexistaient au Tibet à l'arrivée du bouddhisme. Elles ont de profondes similarités avec les divinités du chamanisme sibérien et des Indiens d'Amérique. Comme elles, elles sont liées à des lieux spécifiques qu'ils protègent.

À l'instar de nombreux autres peuples, les Tibétains pré-bouddhistes considèrent les éléments de la nature – arbres, rochers et lacs – comme étant les manifestations d'esprits très puissants, capables de détruire l'homme. Ces divinités sont représentées sous la forme de créatures gigantesques, à l'aspect humain, cruelles et dangereuses, pourvues de crocs redoutables, d'une langue pendante et de très longs bras. Elles se désaltèrent du sang et se nourrissent de la chair de tout ce qui vit. Des animaux, voire des êtres humains, leur étaient sacrifiés dans les temps qui précèdent l'arrivée du bouddhisme.

Il existe aussi des dieux pour les différentes activités humaines, comme le dieu de la cuisine ou le dieu de l'orfèvrerie. Ils n'ont pas d'histoire particulière.

Enfin, selon la médecine tibétaine, ceux dont l'esprit n'a pas encore atteint la clarté et la sagesse sont sujets aux influences de l'environnement, qu'ils perçoivent comme des démons.

Certains de ces dieux ont été intégrés au panthéon bouddhiste, et leur caractère violent a été apprivoisé. L'adoption des déités nationales par le bouddhisme n'est pas unique au Tibet, le phénomène se retrouve en Chine avec les déités taoïstes.

Deux figures mythiques, spécifiquement tibétaines, éclairent un aspect important de cet apprivoisement et de la spécificité des divinités tibétaines, ce sont Padmasambhava et Guésar de Ling.

1. Padmasambhava ou Guru Rinpotché

Guru Rinpotché, parfois nommé Padmasambhava, est une des figures majeures du bouddhisme tibétain ; tout particulièrement dans l'école Nyingmapa des anciens, où il est considéré comme celui qui introduisit pleinement le bouddhisme tantrique au Tibet, un second bouddha.

Naissance miraculeuse

Selon le *Sûtra du Dernier Nirvana* ainsi que d'autres prophéties, peu avant qu'il ne quitte son corps terrestre, le bouddha Shakyamuni fit le vœu de revenir dans ce monde, sous une forme miraculeuse pour présenter les enseignements tantriques. Étant né sous une forme humaine, il ne lui avait pas été possible d'enseigner complètement les enseignements ésotériques des tantra.

Cette renaissance fut Guru Rinpotché, qui émana du cœur du bouddha Amitabha et apparut miraculeusement sous la forme d'un enfant de huit ans assis sur un lotus, sur le lac de Danakosha, en Oddiyâna – dans l'actuelle vallée de Swat, au nord du Pakistan, disent les spécialistes, mais il s'agit aussi d'un lieu mythique, une terre spirituelle[1]. Chögyam Trungpa, dans son livre *Folle Sagesse*, explique le sens de cette naissance en remarquant que notre compréhension de l'éveil est erroné : « Une personne éveillée, explique-t-il, est censée ressembler plus ou moins à un vieux sage : pas tout à fait à un vieux professeur, mais peut-être à un père âgé susceptible de donner des conseils judicieux quant à la manière de régler tous les problèmes de la vie, ou à une grand-mère qui connaît toutes les recettes et tous les remèdes. Telle semble être la lubie que notre culture entretient habituelle-

1. Chögyam Trungpa, *Folle Sagesse*, trad. Zéno Bianu (modifiée), Paris, Éditions du Seuil, 1993, p. 33.

Padmasambhava

ment vis-à-vis des êtres éveillés. Ils sont vieux, adultes et sérieux. Le tantra présente une notion différente de l'éveil, reliée à la jeunesse et à l'innocence. Nous pouvons voir ce modèle à l'œuvre dans la vie de Guru Rinpotché, où l'état d'esprit éveillé ne renvoie pas à la vieillesse et à l'âge adulte, mais à la jeunesse et à la liberté. Dans ce cas, la jeunesse et la liberté sont associées à la naissance de l'esprit éveillé. Cet état a la qualité du matin, de l'aube – frais et étincelant, complètement éveillé. C'est la qualité de la naissance de Padmasambhava. »

Padmasambhava signifie « celui né du lotus », et le symbolisme de cette fleur joue un rôle essentiel dans la mythologie tibétaine. Le lotus naît dans l'eau, pousse dans la boue des profondeurs invisibles pour éclore à l'air libre. L'épanouissement de la fleur sert de métaphore pour le passage de la frontière qui sépare deux ordres d'expérience, en particulier de l'invisible au visible, d'autant plus que, à la différence du nénuphar, sa fleur ne touche pas la surface de l'eau.

L'apparition de Padmasambhava est pure et libérée du processus ordinaire de la naissance.

Le roi avait demandé à ses jardiniers de cueillir des fleurs près du lac. L'un des jardiniers, à sa surprise, découvrit un lotus géant sur lequel trônait un enfant. N'osant le toucher il vint apporter la nouvelle au roi qui ordonna de rapporter l'enfant et la fleur.

Padmasambhava fut ainsi adopté par le roi Indrabodhi, qui n'avait jamais pu avoir d'enfant et en était très malheureux. Il l'éleva comme son fils et le nomma Padma Raja, « prince du Lotus ».

Par la suite, Padmasambhava reçut sept autres noms, correspondant aux différentes manifestations qu'il prit en fonction de la situation dans laquelle il se trouvait. Ces huit aspects recèlent chacun un message différent, qui sont comme autant de manières de pouvoir approcher notre vie – car Guru Rinpotché n'est pas séparé de notre propre éveil.

Nommé régent, Guru Rinpotché dut gouverner le royaume

d'Oddiyâna, ce qui faisait de lui une sorte de fonctionnaire occupé à des tâches purement administratives, sans lui permettre d'aider les êtres. Rapidement, il adopta un comportement au-delà de toutes les conventions humaines et se mit à manifester des pouvoirs magiques. Chassé du palais, il devint semblable à Vajradhara.

Nous retrouvons ici le caractère non conformiste du tantra, tel que l'ont incarné les quatre-vingt-quatre mahasiddha, qui ont vécu entre le VIIe et le XIIe siècle, en Inde. Ils offrent autant d'exemples différents de pratiquants, généralement des laïcs, hommes ou femmes, menant une vie errante fort peu conventionnelle de saints magiciens aux allures de fous. Ils cherchaient à insuffler un esprit neuf et dynamique au Mahayana, quelque peu saturé par des habitudes sociales et la rigidité des monastères.

Dans les différents charniers qu'il visita, il reçut des initiations d'une dakini, et rencontra les huit détenteurs de la présence pure ou Vidhyadhara qui lui transmirent les huit heruka et la grande perfection (*dzogchen*).

Venir au Tibet et apprivoiser les dieux

Le roi Trisong Détsèn, désireux d'introduire le bouddhisme au Tibet, décida de fonder un grand monastère. Il invita au Tibet, dans ce dessein, le maître indien Shantarakshita qui tenta sans succès de subjuguer les forces négatives qui étaient opposées à la propagation des enseignements du Bouddha. Autrement dit, Shantarakshita ne réussit pas à entrer pleinement en relation avec l'atmosphère particulière qui existait au Tibet. Seul Padmasambhava, déclara-t-il, pourrait mener à bien cette tâche, car il était à ce point au-delà de toute conception intellectuelle, qu'il lui serait possible d'entrer directement en rapport avec le génie propre du Tibet.

Après avoir vécu en l'Inde, Padmasambhava apporta donc les enseignements complets du bouddhisme au Tibet. Il est nommé par les Tibétains Guru Rinpotché : le « Précieux Guru ». Il est bien plus que le personnage historique dont les tibétologues s'accordent à reconnaître le passage bref au Tibet. Il est l'incarnation même des enseignements, de l'esprit d'éveil, dans son aspect de « folle sagesse ». Comme l'explique Chögyam Trungpa : « En parlant de Padmasambhava, nous ne faisons pas simplement allusion à un personnage historique : “Il était une fois Padmasambhava, né en Inde...” [...] Nous essayons au contraire de montrer que Padmasambhava est notre expérience. Nous essayons de nous relier à la “padmasambhava-*ité*” qui se tient en nous, en notre être [1]. »

On peut noter que, sous sa direction, une centaine de pandit indiens et le même nombre d'érudits tibétains traduisirent en tibétain le canon bouddhiste complet et la plupart de ses commentaires indiens [2]. Mais l'essentiel de son éclat dépasse encore cette réalisation, il est véritablement un principe cosmique.

Les démons et les génies malfaisants se liguèrent contre lui ; ils ne cessaient de faire tomber des montagnes entières et de déchaîner les éléments afin d'entraver sa démarche, mais rien n'y fit. Padmasambhava dompta ces forces et finit par les convaincre de protéger son œuvre de propagation de la douceur et de la compassion propres au bouddhisme. Padmasambhava est ainsi la figure emblématique de celui qui a dompté les dieux du Tibet en les forçant à se consacrer aux pratiquants qui les invoqueraient. Sa dernière manifestation est celle de Dordjé Trolö. Il chevauche alors une tigresse gravide, tient un vajra et un poignard, des flammes jaillissent de son corps. Il est alors l'ultime incarnation du Vajrayana sans compromission.

1. *Ibid.*, p. 95.

2. Après les persécutions du siècle suivant, une seconde vague de traductions de textes indiens fut accomplie. Les différentes lignées qui en découlèrent appartiennent à ce que l'on nomme la période de nouvelle traduction. Sont ici inclues les traditions kadampa (dont la lignée guélougpa est l'héritière), Sakya, Kagyü, Shangpa, Tcheu et Shidgé, Kalacakra et Ugyen Nyendrub. Ces sept traditions, auquel on adjoint la première de l'école Nyingma constituent les huit chariots de l'accomplissement spirituel.

Tertön

La plupart de ses enseignements furent écrits par Yéshé Tsogyal, sa compagne, ou lui-même, et ces trésors spirituels (*terma*) furent miraculeusement dissimulés dans divers lieux : temples, bâtiments, images sacrées, rochers, lacs et même dans le ciel. Il prophétisa alors que ces disciples renaîtraient comme tertön, ou découvreurs de trésors, et présenteraient ses enseignements au moment approprié pour le bénéfice de tous.

Quand le moment arrive, un tertön fait l'expérience de visions ou de signes lui indiquant comment et où découvrir le trésor ou terma qui lui est destiné. Les terma sont généralement écrits dans le langage symbolique des dakini, à la vue duquel le tertön peut écrire jusqu'à un volume complet d'enseignement.

Les terma peuvent aussi être cachés dans l'esprit même du tertön. Au cours des siècles, quelques centaines de maîtres tertons ont existé. Même à notre époque des trésors cachés par Padmasambhava continuent d'être découverts par de grands maîtres comme Dilgo Khyentsé ou Chögyam Trungpa.

Ce mode de transmission, parfois nommé la lignée « abrupte », complète la lignée « longue », *kama*, qui consiste en textes canoniques, qui ont été transmis sans interruption de maîtres à disciples, du bouddha primordial Samantabhadra, à Padmasambhava, Vimalamitra et autres Vidhyadhara. La tradition orale, sujette à des interruptions et corruptions, est ainsi régénérée.

Padmasambhava vit toujours. Il vit dans un lieu éloigné, sur le continent où demeurent les raksasa, dans un endroit appelé Zangdopalri, « la glorieuse montagne cuivrée ».

Yéshé Tsogyal, la dakini de sagesse de Padmasambhava

2. Guésar

Guésar est le guerrier magique du Tibet, dont l'épopée est chantée par des bardes qui traversent le pays des Neiges en récitant par cœur de vastes portions de sa légende. Ces bardes ne sont pas de simples poètes, mais des sortes de prêtres, à la façon des dramaturges grecs, qui, en tant que poètes, nomment les dieux. Le rôle de cette épopée dans la culture tibétaine est proche de celui qui est joué par l'*Iliade* et l'*Odyssée* dans la culture occidentale. La mythologie qui y est déployée devient une référence centrale de toute existence humaine comme de toute vie spirituelle.

Quand un être humain apparemment ordinaire atteint un accomplissement divin, c'est un signe, pour les Tibétains, que cette personne est en phase avec une certaine configuration du monde. On peut dès lors le considérer comme une extension du principe divin. Ainsi pour le pratiquant tibétain, le théâtre des activités humaines est en pleine résonance avec les divinités. Guésar[1] est l'émanation de Padmasambhava, le jeu de son activité, et de nombreux êtres manifestent les qualités de Guésar.

Après sa naissance, Guésar et sa mère sont frappés de bannissement. Ils sont méprisés de tous. Leur exil ne finit que quand l'enfant atteignit l'âge de quinze ans. Guésar prend alors part à une course de chevaux qui doit désigner le futur roi de Ling. Contre toute attente, il bat son principal adversaire Khothoung. Il est couronné roi de Ling et reçoit la fille du roi Brougmo en mariage. Suit toute une série de combats contre différents démons. Le dernier épisode, qui est aussi le plus important, décrit la conquête et la conversion du pays de Hor.

1. Il est fort probable que le mot Guésar viennent de César (que l'on retrouve partout, aussi bien dans le *Kaiser* allemand que dans le *Tsar* russe).

Ces bardes relient le monde ordinaire au monde surnaturel et pour eux la cour de Guésar, avec ses généraux célèbres, ses compagnes, ses ministres, son cheval magique et sa mère divine ont une certaine forme d'existence. En invoquant ces êtres, ils manifestent la présence de Guésar, nécessaire pour délier les situations complexes.

Pour comprendre l'importance de la figure du Guésar, il faut se souvenir que les anciens Tibétains formaient un peuple de guerriers. Guésar est un exemple de galanterie, de noblesse, de générosité, de courtoisie, et le protecteur des faibles, autant de qualités propres au parfait guerrier. Dans ce contexte, être pleinement éduqué c'est posséder à la fois la vaillance, la force physique, l'art de la conversation, la capacité de réciter les épopées et un esprit vif.

3. Le Bön et la religion « sans nom »

Le visage authentique du Bön

Le bouddhisme gagna le Tibet aux VIIe et VIIIe siècles et rencontra un ensemble vivace de croyances populaires et de rituels communément identifié comme le Bön.

En fait, le terme de Bön désigne un nombre de phénomènes multiples. C'est tout d'abord une tradition locale chamanique, comprenant certaines techniques de divination, ainsi qu'un culte envers les différents éléments de la nature : le ciel, la terre, les montagnes et les lacs, les rochers et les rivières. Chaque village avait son propre culte. Comme il n'existe pas de trace scripturale de cette tradition, il est difficile d'en déterminer l'origine, mais les recherches archéologiques confirment l'ancienneté de cette tradition. R. A. Stein a proposé de nommer plus justement cette tradition la « religion sans nom ».

Le même terme désigne aussi la religion prébouddhique qui jouissait d'une position privilégiée à la cour royale. Cette tradition était opposée au bouddhisme, les rites accomplis par ces prêtres visaient à protéger la vie du roi et à conduire l'âme du défunt dans l'au-delà. Des sacrifices d'animaux et même d'êtres humains y jouaient un rôle important. Les animaux immolés – le plus souvent des yaks, des chevaux ou des moutons – servaient de guides et de montures au mort pour le conduire dans sa nouvelle demeure [1].

Il désigne enfin une tradition qui s'est organisée au Tibet autour du Xe-XIe siècle, alors que le bouddhisme connaissait lui-même un nouvel essor après une période de persécution.

Cette tradition provient du royaume de Shang Shoung, situé probablement dans l'ouest du Tibet actuel et qui couvrait la région du mont Kailash, le Ladakh actuel et le nord-ouest du Tibet. Ce royaume était indépendant du Tibet, possédait sa propre langue, sa propre organisation politique jusqu'à son invasion au VIe siècle.

Selon les sources Bön, le fondateur de cette tradition spirituelle est Shenrab Miwo, qui naquit plusieurs siècles avant le bouddha Sakyamuni. Shenrab Miwo était descendu du royaume céleste et avait pris naissance humaine afin d'enseigner le chemin de la libération.

Même si il est lui aussi un éveillé, le récit détaillé de sa vie diffère de celle du Bouddha. Ce qu'il faut souligner, c'est que le Bön se présente ainsi lui-même comme n'étant pas une tradition originaire du Tibet, mais comme provenant de Taksik, qui pourrait correspondre à la Perse – ou être un royaume mythique [2]. Du Shang Shoung, le Bön se répandit non seulement au Tibet, mais en Inde, en Chine et jusqu'à l'Iran.

1. L'activité de ces prêtres est donc bien plus celle de sacrificateurs et d'exorcistes que de chamanes.

2. Selon Santen G. Karmay, la source première du Bön est le pays de Omo Lung-ring, partie du Taksik, qui est une terre réelle mais impérissable : « Lorsque à la fin ce monde sera consumé par le feu, il s'élèvera dans le ciel. » Ce pays est décrit comme prenant la forme d'une fleur à huit pétales auxquels correspondent les huit rayons d'un ciel en forme de roue. Cf. « Introduction générale à l'histoire et aux doctrines du Bön », Paris, *La Nouvelle Revue tibétaine*, mai 1985, n° 11.

Shenrab Miwo, le maître originel de l'école Bön

À son arrivée au Shang Shung, Shenrab Miwo s'opposa aux sacrifices d'animaux et introduisit l'usage rituel de statuettes et des rites d'offrande de tormas ou gâteaux sacrificiels pour remplacer cet usage criminel [1].

Cette tradition est nommée par ses pratiquants *Youngdroung Bön*, le Bön éternel. Cependant le Youngdroung Bön, tout comme le bouddhisme, a intégré dans son sein de nombreuses traditions de la religion ancienne.

Au VIIe siècle de nombreux textes durent être cachés pour éviter une répression politique organisée contre cette école. Ils furent retrouvés ultérieurement, aidant ainsi au renouveau de l'école Bön au Tibet.

Pour les bouddhistes, le Bön ne s'organisa que sous leur influence. Ils remarquent que les enseignements Bön reprennent leurs propres enseignements. Les Bön n'y ont ajouté, disent-ils parfois, que des différences mineures, au lieu de tourner autour d'un stupa de gauche à droite, ils vont dans le sens contraire, etc.

Mais comme le montre Snellgrove, « les Bönpo ont réussi à maintenir leur propre tradition jusqu'à aujourd'hui contre les représentants du bouddhisme orthodoxe, pourtant beaucoup plus puissants qu'eux, et qui ne cessaient à tort de les identifier aux pratiquants de la religion prébouddhistes [2] ».

En fait l'étude du Bön, qui suscite un intérêt croissant en Occident, permet de mieux comprendre le bouddhisme tibétain qui lui doit beaucoup. L'art de sculpter du beurre

1. Au Tibet, comme dans un très grand nombre de civilisations, les sacrifices d'animaux et même d'êtres humains furent pratiqués – Abraham était prêt à immoler son fils au moment où Iahvé lui dit : « "N'étends pas la main sur le garçon et ne lui fais rien [...]." Abraham leva les yeux et vit un bélier pris dans les broussailles par ses cornes. Il alla le prendre et l'offrit en holocauste à la place de son fils », ou encore le sacrifice d'Agamemnon (où Iphigénie est remplacée par une biche dans la seconde version).

Ici, ce n'est pas seulement le sacrifice humain qui est modifié en sacrifice animal, mais c'est la notion même de sacrifice qui est transformée.

2. Snellgrove, *Indo-Tibetan Buddhism*, Londres, Serindia Publications, 1987, p. 390.

pour en faire des tormas, représentations symboliques des déités, les prolifiques drapeaux de prières, les offrandes de fumées ou *lhassang* proviennent ainsi de cette tradition.

Le point culminant des enseignements Bön n'est cependant nullement des pratiques de relation à la nature mais le dzogchen, qui est la voie qui mène à la réalisation de la perfection spontanée de toute chose [1].

Comprendre l'histoire exacte de ces traditions est d'une profonde difficulté. Non seulement parce que nous manquons de documents, mais parce que l'histoire mythique se mêle à l'histoire historique scientifique.

Il faut peut-être considérer que le domaine spirituel est tout autre que le domaine scientifique ; et comprendre que les affirmations de la science ne sont pas plus vraies (peut-être même moins) que celles du symbolisme.

Tous les spécialistes remarquent que le peuple tibétain se considère comme un peuple barbare, qui pour cela même doit recevoir de l'aide de l'extérieur – Inde ou Shang Shung –, cela n'est pas, nous semble-t-il, un simple effet de leur particularisme culturel.

En effet, chaque tradition authentique renvoie à une origine antérieure affirmant qu'ils ne sont pas les initiateurs de leur tradition, mais ses gardiens. Apparaît ainsi le fait

1. Selon Namkaï Norbu, l'origine de la méditation dzogchen remonte jusqu'à Shenrab Miwo, au moins sous sa forme primitive.

Namkaï Norbu s'oppose ainsi aux historiens bouddhistes tibétains qui maintiennent à tort, selon lui, que la civilisation tibétaine ne débute qu'au VIIe siècle. Selon lui, l'importation du bouddhisme contribua seulement à enrichir la culture tibétaine déjà existante. Mais à la différence de la Chine du passé et du Japon actuel, où la culture indigène occupe une position supérieure à celle qui est importée, au Tibet, les historiens et les pratiquants bouddhistes accordèrent peu d'intérêt à ce qu'on pourrait décrire comme la véritable culture propre au Tibet, selon Namkaï Norbu. Voir *Le Collier de gZi, une histoire culturelle du Tibet*, *op. cit.*

Pour les nyingma, et une grande part des bouddhistes tibétains, le dzogchen provient tout au contraire du bouddhisme. Il fut apporté au Tibet par Padmasambhava, et repris ensuite par les Bön. Guru Padmasambhava donna au roi du Tibet à choisir entre le Bön et le bouddhisme. Si le dzogchen venait du Bön, il leur aurait fait la grâce de leur rendre hommage au lieu de faire en sorte que leurs enseignements pâlissent.

que la vérité d'une tradition spirituelle, parce qu'elle n'est pas fondée par les hommes, vient toujours d'ailleurs. À ce propos, les travaux de René Guénon sur l'existence d'une tradition primordiale originaire pourraient rendre intelligibles les difficultés logiques auxquelles se heurtent les réflexions historiques.

Mythe d'apparition du monde

Le mythe Bön, qui retrace l'origine du peuple tibétain, ne reprend pas celui de l'accouplement d'Avalokiteshvara et de la démone des rochers (ou Tara, selon les versions).

Au commencement, d'après les légendes Bön [1], il n'y avait que l'espace – non le vide, mais une plénitude de potentialités, parfois identifiées au pouvoir céleste *lha*. Il produisit les cinq éléments : la terre, l'eau, le feu, l'air et l'espace qui fusionnèrent en un œuf cosmique (parfois, selon les récits, deux, cinq, voire neuf œufs) : « La rosée naquit du contact entre la chaleur du feu et la fraîcheur du vent. Sur les gouttes de rosée se rassemblèrent les atomes. Ceux-ci, à leur tour, furent entraînés par le vent qui parcourut l'espace, provoquant l'accumulation de particules qui grossirent en prenant la forme de montagnes [2]. »

Il ne s'agit donc pas à proprement parlé d'un mythe de création, comme dans la tradition chrétienne, puisqu'il s'agit d'exposer comment, à partir des éléments eux-mêmes, se forment peu à peu tous les êtres. Ici, le « créateur » n'en est pas véritablement un : il est simplement à l'origine d'un mouvement qui a sa propre loi en lui-même. Le monde

1. Il faut cependant souligner que « à travers les différentes sources qui parlent de cette légende, l'on n'observe aucune systématisation cohérente. Le nombre des œufs, leur couleur, leur forme et leur taille ainsi que leur manière d'éclore sont aussi variés que le nombre des textes », Samten G. Karmay, « L'apparition du petit homme tête-noire », *op. cit.* R. A. Stein a d'autre part remarqué que la notion de l'éclosion du monde à partir d'un œuf existe déjà en effet dans le Mahabharata, les Brahmana et les Upanishad.

2. Santen G. Karmay, « Introduction générale à l'histoire et aux doctrines du Bön », partie II, Paris, *Journal asiatique*, 1986, p. 65.

apparaît par émanation exprimée métaphoriquement en termes de souffles au travers desquels tous les êtres vivants apparaissent.

Dix-huit œufs cosmiques ou neuf frères et sœurs émergèrent graduellement de cet œuf colossal, ou selon d'autres versions de l'accouplement du roi et d'une créature féminine. De ces dix-huit êtres naquirent l'ensemble du monde, les dieux et les hommes.

On retrouve, venant peut-être d'une influence iranienne zoroastrienne, une opposition entre les forces de la lumière et de l'obscurité. Deux œufs seraient alors apparus : « Du giron même des cinq causes, un œuf de lumière et un œuf d'obscurité émergèrent. L'œuf de lumière était cubique, aussi gros qu'un yak. L'œuf d'obscurité était en forme de pyramide, et avait la taille d'un bœuf[1]. »

De l'œuf de lumière descendent les dieux et les hommes, de l'œuf d'obscurité, les démons. L'homme est né avec ces deux forces appelées : « les dieux et les démons qui sont nés ensemble ». L'homme est gouverné par ces deux forces externes plutôt que par des impulsions internes ou par les fruits de ses actes précédents.

La tripartition du monde

Une autre manière de prendre en compte la cosmologie Bön est la séparation entre les sphères visible et invisible. La première contient le monde physique des hommes, des animaux et des êtres célestes. La seconde comprend une hiérarchie de forces surnaturelles, huit armées de divinités et démons demeurant dans les sept royaumes cosmiques. L'être humain est le centre même de l'interaction de ces forces cosmiques. L'accomplissement d'une procédure sacramentelle ou de rites prescrits par des devins ou oracles était considéré comme le moyen actif pour influencer les puissances cosmiques. C'est ainsi que des orages étaient

1. *Ibid.*, p. 65 s.

prévenus, des maladies guéries, des sécheresses interrompues et des ennemis confondus.

Les manquements aux observances des injonctions sacrées et au maintien de l'harmonie entre son for intérieur et la nature étaient supposés provoquer l'arrivée de calamités naturelles sur la communauté.

Les prêtres Bön avaient pour fonction de remettre le monde en ordre par des pratiques de divination, d'astrologie, de rituel et de diagnostic[1]. Les deux premières méthodes servent à déterminer la cause de la maladie, tandis que les deux suivantes permettent de mettre en œuvre une thérapeutique.

Il existe de nombreuses manières de classer les différents esprits. Le plus simple est une division en trois ordres : les *lha* ou dieux d'en haut, les *nyen* ou dieux du milieu, c'est-à-dire des lieux où vivent les hommes, et les *lou*, dieux souterrains, qui correspondent aux *naga* de la tradition indienne[2].

L'espace céleste de la couleur immaculée des neiges éternelles est le domaine des *lha*, les dieux du ciel revêtus d'armure en cristal.

Les *nyen* sont des dieux de l'atmosphère, et parfois les protecteurs des esprits ancestraux. Magyal Pomra, associé à une montagne, est représentatif des déités *nyen*. Il ne fut jamais un être humain, mais un jour il commença à avoir une conscience et un souci de communiquer. Cet être naissant, identifié à la montagne, pratiqua la méditation et devint un disciple et un serviteur de Padmasambhava. Il se consacra désormais au développement des principes bouddhistes de sagesse et de bienveillance.

Les *lou* sont une race d'êtres magiques typiques de la mythologie de l'Himalaya. Les *lou* sont des dieux de tous

1. David L. Snellgrove, *The Nine Ways of Bon*, Londres, Oxford University Press, 1967, p. 24-41.

2. Voir Anne-Marie Blondeau, *Religions du Tibet*, Paris, Gallimard, coll. « La Pléiade », repris dans *Histoire des religions*, III, Paris, Gallimard, coll. « Folio Essais », 1999, p. 241.

les corps constitués d'eau ou de moisissure. En hiver, ils se cachent sous la terre, au printemps ils s'élèvent de façon invisible et demeurent dans le ciel sous forme de nuages.

Les *lou* peuvent ainsi prendre des formes multiples. Ils peuvent apparaître comme des êtres humains, des serpents géants ou de petits vers de la taille d'un cheveu, ils peuvent parfois ressembler à nos sirènes. Gardiens des eaux et des courants telluriques, ils sont renommés, dans la mythologie indienne, les *naga*, pour être les gardiens des trésors de la terre. Très puissants, ils posséderaient toutes les sciences. Ce serait eux qui auraient transmis la *Prajna Paramita*, texte majeur du Grand Véhicule, à Nâgârjuna.

Au Tibet, les *lou* ont une fonction particulière d'écologie cosmique, visant à faire respecter l'interdépendance de l'homme et de la nature. La terre étant sacrée, il est important de ne pas troubler l'équilibre de la nature. Si quelqu'un pollue un ruisseau ou altère un lieu spécifique où réside un pouvoir naturel particulier, le *lou* se met en colère et peut donner à cette personne une maladie *lou*, comme la lèpre ou la leucémie.

C'est ainsi que le disciple de Milarépa, Rétchoungpa, un des grands mystiques du XIIe siècle, contracta la lèpre dans son adolescence parce que le soc de sa charrue avait traversé le corps d'une divinité. Il vécut à l'écart jusqu'à ce qu'on lui conseillât de se rendre en Inde, pour y chercher un remède, en l'occurrence une technique de méditation.

En raison de cette puissance du *lou*, qui vit en relation constance avec les êtres humains, les Tibétains lui présentent des offrandes régulières en signe d'apaisement et de pacification [1].

1. Chögyam Trungpa avec son génie propre en présente une lecture renouvelée dans *Shambhala. La voie sacrée du guerrier*, *op. cit.*, chap. 17 :

« *Lha* est le point le plus élevé de tous, le premier à recevoir la lumière du soleil levant. [...] C'est l'expérience d'une fraîcheur immense, d'un état d'esprit non contaminé [...].

Le cheval du vent

Un autre élément que l'on trouve dans la tradition Bön, mais qui proviendrait peut-être de la tradition taoïste, est le cheval du vent, la vigueur de l'esprit pur. Les traditions chinoises, tibétaines et indiennes sont ici tellement enchevêtrées qu'il est difficile de pouvoir distinguer celles qui appartiennent nativement à l'une plutôt qu'à l'autre. Il faut peut-être, ici aussi, prendre comme un tout la mythologie qui s'est déployée sur toute la route de la soie.

À travers tout le Tibet on trouve des drapeaux de prières, des bannières formées de suites de petits carrés sur lesquelles sont inscrits des mantra et des emblèmes magiques. La plus populaire forme de drapeau de prières a le dessin d'un cheval portant sur sa selle un ensemble de joyaux en feu. Autour du cheval, des mantra invoquent l'ensemble des déités bouddhistes et non bouddhistes, auxquelles on demande de faire venir leur puissance.

La figure du cheval magique se retrouve en Chine, où il est nommé *Lung ma*, le « cheval-dragon », ou selon les traductions « le cheval impérial ». Le *Lung ma* est une

---

Nyen commence dans les contreforts des grandes montagnes et comprend les forêts, les jungles et les plaines. [...]. Il correspond à la solidité, au sentiment d'être solidement ancré dans la bonté, enraciné dans le terre. Par conséquent, *nyen* est relié à la bravoure et à l'héroïsme des êtres humains [...].

Finalement, il y a *lou*, qui signifie littéralement "être aquatique". [...] *Lou* à la qualité d'un joyau liquide, de sorte que l'humidité ici est associée à la richesse [...].

Il est possible d'observer le jeu réciproque de *lha*, *nyen* et *lou* dans la conduite humaine et les échanges sociaux [...]. Prenons un exemple, une action aussi simple que boire de l'eau dans un verre vide, on verse d'abord l'eau dans le verre : c'est *lha*. Ensuite on prend le verre avec la main, c'est *nyen*. Finalement on boit : c'est *lou*.

[...] l'observance de l'ordre de *lha*, de *nyen* et de *lou* est ce qui fait de l'être humain un être civilisé, nous pourrions dire que ces principes constituent l'étiquette ultime. Lorsque nous respectons l'ordre de *lha*, *nyen* et *lou*, nous pouvons harmoniser notre vie avec le monde phénoménal. »

figure ancienne de l'alchimie taoïste. Il est nommé, dans la tradition magique remontant au IIe-IVe siècle, *Pao p'u Tsu*, le maître qui embrasse la vertu. Le cheval du vent existait peut-être même avant la tradition taoïste, et selon certains chercheurs occidentaux elle proviendrait de la tradition qui donna naissance au chamanisme sibérien.

Le taoïsme chinois affirme que les êtres humains sont composés de plusieurs principes spirituels : un a la nature de l'air, qui s'élève à la mort de la personne, tandis qu'un autre est relié à la terre et disparaît au moment de la mort.

On retrouve chez les Tibétains cette notion de multiples forces de vie.

Bla, parfois prononcé *lha*, signifie originellement « au-dessus » et il est utilisé de façon interchangeable avec *lha* qui se réfère aux plus hauts dieux. *Lha* est utilisé dans le terme *dralha*, le principe cosmique traduit par « dieux de la guerre », car il est le principe lié au courage. Il y a aussi *srog*, ou force vitale. Quand un tel principe est déficient, une personne devient faible et déprimée.

Dans certains *corpus* d'enseignement, ces énergies sont situées dans le corps de façon hiérarchique. Cette hiérarchie reprend celle du cosmos. Au sommet, on retrouve le *lha*, ensuite on trouve les *nyen*, et enfin, tout en bas, les *lou*.

Cet ordre se retrouve dans les chants tibétains célébrés lors des fêtes nationales et des célébrations des saisons. Il est très proche de l'ordre chinois qui organise l'univers selon les principes du ciel, de la terre et de l'homme. Avec les offrandes de fumées et le mouvement des bannières colorées, ces chants et ces cérémonies spéciales invoquent et commandent les déités locales, les déités liées au calendrier et les dieux des éléments.

Ces deux traditions doivent venir d'une source commune. L'empereur chinois K'ang Hsi essaya même de formaliser cette relation. Il demanda la publication d'une version mongole de l'épopée de Guésar qu'il voulait comparer avec le roman de guerre chinois classique *Aventure dans les trois royaumes*. Un des héros de ce roman est un sage, le général « dragon dormant ». Il accomplit une version chinoise de l'offrande tibétaine de fumées. Son rituel est fondé sur le concept chinois de cheval du vent et les quatre figures héraldiques : le tigre, le guerrier, le grand oiseau rouge et le dragon.

Les quatre animaux

Ces emblèmes sont liés aux quatre directions comme aux quatre éléments. On trouve trace dans la mythologie tibétaine de quatre animaux qui sont le tigre, le yak, le dragon et l'aigle. Ils représentent chacun à la fois une lignée des quatre premiers des six clans et un dieu guerrier. Ils sont aussi connus comme les quatre dieux de la « bonne fortune ».

Dans l'iconographie, ces animaux sont généralement placés aux quatre orients tandis qu'un cheval galopant sur les nuages occupe le milieu de l'image. Dans la version bouddhicisée de l'iconographie et des textes rituels, on trouve souvent, au lieu du yak, un lion des neiges blanc, qui est devenu l'emblème du Tibet.

L'aigle ou garuda est le roi des oiseaux, *khyoung*, un oiseau mythique tibétain qui ressemble à notre Phénix.

Chez les Bön, dans les rituels d'offrande et de fumigation aux dieux du pays, les cinq animaux du *Loungta* en viennent à symboliser les cinq composantes de la personne humaine : « l'aigle, la force vitale (*srog*) ; le tigre, le corps (*lus*) ; le dragon, la prospérité (*bdang thang*) ; le cheval, l'esprit (*bla dpal*)[1] », écrit Santen G. Karmay qui traduit une louange appuyée sur ces représentations animales :

> Que l'aigle, le roi des oiseaux, qui subjugue les trois mondes,
> Protège ma vie du maître de la mort,
> En la rendant semblable à la nature du ciel quand il m'approche…

1. Samten G. Karmay, « L'apparition du petit homme tête-noire », *op.cit.*, p. 95.

Impression xylographique d'un « cheval du vent »
issu de *La Civilisation tibétaine* de Rolf Stein, p. 165

Le cheval du vent (*Loungta*) et les quatre animaux

Que le tigre rouge aux bandes noires avec qui personne n'ose rivaliser,
Protège mon corps de la maladie,
En le faisant se développer comme l'arbre qui exauce les désirs…
Que le dragon turquoise à foudre, le roi du son,
Protège ma prospérité de toute opposition pernicieuse,
En la faisant [gonfler] comme un lac d'été…
Que le lion blanc à crinière turquoise sans rival,
Enlève les obstacles dans mon action et dans mes souhaits,
En rendant ma bonne fortune blanche comme les montagnes enneigées…
Que le cheval galopant d'une façon magique à la vitesse des nuages,
Ne permette pas que la gloire de mon âme soit dispersée par le vent nuisible,
En rendant sa quintessence abondante comme les nuages de la pluie [1].

1. *Ibid.*, p. 95-96.

CHAPITRE IV

Comment entrer en relation avec les dieux

Ayant présenté les différentes figures des dieux, il nous faut maintenant comprendre comment les pratiquants peuvent entrer en relation avec eux et étudier les rites liés aux mythes.

A. L'initiation (abhisheka)

L'initiation est fondamentalement une façon d'activer le potentiel présent en chaque homme, c'est-à-dire ici une graine d'éveil ou nature de Bouddha. Elle est, pour le pratiquant, comme une seconde naissance, le maître lui donnant même un nouveau nom, celui de son potentiel qu'il lui faut faire fleurir.

Dans le bouddhisme tibétain, l'initiation est une cérémonie formelle : *abhisheka*, ou *wang* en tibétain qui signifie « transmission de pouvoir ». Une telle transmission, pour avoir lieu, demande un sacrifice immense de la part du pratiquant, qui ne peut plus maintenir son propre ego, son petit moi : « ce moi est devenu complètement dévoué, il s'est totalement ouvert en s'abandonnant au monde créé par le guru [1] ».

Le principe général de l'abhisheka est d'introduire l'étudiant à la vérité de l'expérience du monde phénoménal,

1. Chögyam Trungpa, *Tantra, la voie de l'ultime*, *op. cit.*, p. 65.

qu'il percevait jusqu'alors sous une forme dualiste et confuse. Cette vérité consiste à percevoir le monde comme le mandala ou palais d'une déité particulière. Une telle transmission ne peut s'effectuer que par le guru, qui agit comme le porte-parole de la perspective du mandala. Au-delà de la perspective limitée et confuse du pratiquant existe la perfection du monde, qu'il lui est alors donné de percevoir.

Il faut remarquer ici, comme le souligne René Guénon, que la véritable initiation est l'expérience qui active en soi la graine. Sans être pratiquée, l'abhisheka est lettre morte – et nombreux sont les maîtres qui dénoncent les adeptes qui ne font qu'accumuler des abhisheka qu'ils ne mettent jamais en œuvre. Mais, à l'inverse, sans initiation formelle, sans la cérémonie de l'abhisheka le méditant ne pourra jamais entrer pleinement en relation avec la déité, qui ne sera qu'une image de carton-pâte.

Il existe autant d'abhisheka différentes qu'il existe de déités, et les initiations varient selon les différents tantra, mais on peut distinguer un processus général.

Avant de recevoir la première abhisheka, le méditant réaffirme ses vœux de refuge et de bodhisattva : il se reconnaît comme bouddhiste et rappelle son souhait d'adopter une attitude de bienveillance envers tous les êtres et d'éprouver toujours plus profondément le sincère désir de se consacrer à leur délivrance. Sans cette motivation pure, l'initiation n'aurait pas de sens, et ressemblerait à un gadget. Le lien le plus puissant qui nous relie à la déité est la motivation pure de notre cœur. C'est même cela qui peut la conduire à venir vers nous.

Le pratiquant prononce alors le vœu de *samaya*, qui lie ensemble le maître, l'élève et le yidam. En faisant ce serment, il s'engage à ne jamais révéler son expérience du Vajrayana à ceux qui ne sont pas entrés dans le mandala de la déité auquel il est introduit. Il boit pour cela l'eau du serment, versée dans une conque placée sur l'autel pour sceller son vœu. Il est dit que, si le pratiquant transgresse ce serment, l'eau se changera en fer en fusion qui le brûlera de l'intérieur, et il mourra sur-le-champ. En revanche, s'il est fidèle à son vœu et à sa discipline, l'eau sera un nectar qui l'aidera à se développer.

L'initiation proprement dite, qui se déroule ensuite, se décompose généralement en deux parties : l'entrée dans le mandala et les initiations à l'intérieur du mandala : « Souvent le guru donne des détails sur l'historique de la lignée de transmission en cours. Les candidats visualisent le maître sous la forme de la déité concernée et le lieu de l'initiation comme une terre divine d'un bouddha[1]. » L'initiation est en fait promulguée par la déité dont le maître n'est que le porte-parole.

Pour les tantra supérieurs, l'initiation à l'intérieur du mandala comporte quatre étapes principales. L'ensemble de la cérémonie s'appelle abhisheka, tout comme chacune de ses quatre parties, parce que chacune correspond à une habilitation spécifique. Les différentes transmissions sont accordées au moyen de lumières visualisées ou autres symboles avec lesquels le disciple entre en contact.

Les trois premières étapes correspondent aux dimensions du corps, de la parole et de l'esprit. Dès le début du bouddhisme, les actions humaines furent classées selon cette triple distinction. Mais dans le Vajrayana le sens de cette triple division prend un sens plus vaste, le pratiquant visant à la purification de ces trois aspects fondamentaux de son être[2].

Une sadhana est un texte rituel comportant des exercices de méditation permettant au pratiquant d'atteindre les trois corps de Bouddha. Grâce à différents gestes et attitudes physique (mudra) à la présence méditative pure (samadhi)

1. Alex Wilding, « Quelques aperçus sur l'initiation », *Le Tibet Journal*, Anduze, Éditions Dharma, 1985, p. 107.

2. On peut remarquer qu'ainsi le bouddhisme ne vise pas à délivrer notre âme, mais à transformer l'entièreté de tout notre être désigné comme corps, parole et esprit. Quand le pratiquant indique ces trois dimensions, le corps est situé sur le front, la parole sur la gorge et l'esprit au niveau du cœur.

et à la récitation de syllabes sacrées (mantra), une sadhana transforme le corps, la parole et l'esprit ordinaire du pratiquant en ceux de la déité qu'il pratique.

Avant d'être, comme nous le pensons spontanément aujourd'hui, un moyen de transmettre une information grâce à un outil composé de morphèmes et de phonèmes, la vérité de la parole est le mantra, comme le mudra est la vérité du corps et le samadhi celui de l'esprit.

La première initiation, dite externe, est celle du vase, symbole du palais où la déité habite. Elle autorise le pratiquant à visualiser la déité.

Le corps du maître, visualisé comme la déité, se fond dans le vase. Le vase est placé sur le sommet du crâne, la déité se dissout dans le pratiquant pendant que celui-ci reçoit l'eau dans le creux de sa main qu'il se met à boire. Par cette eau, le pratiquant se trouve purifié de l'ensemble des actes non vertueux qu'il a accumulés depuis des temps sans fin, c'est-à-dire est purifié de tout ce qui obscurcissait jusqu'alors sa vision. Tous les doutes et les hésitations, qui l'empêchent d'entrer en relation directe avec la réalité telle qu'elle est, sont dissous.

Puis le pratiquant reçoit les vêtements qui le lient à la déité. Ces attributs l'aident à s'identifier plus étroitement à elle et à en avoir une image plus précise. Ainsi dans l'abhisheka du Kalacakra le pratiquant reçoit une protubérance crânienne rouge.

L'initiation secrète est une purification de la parole : « En buvant l'amrita – mélange d'alcool et d'autres substances – versée dans le récipient en forme de crâne déposé sur l'autel, l'esprit de l'élève s'unit à celui du maître et du yidam, si bien que les frontières entre la confusion et l'éveil commencent à se dissoudre[1]. »

L'initiation de la sagesse implique l'union sexuelle avec son ou sa partenaire, qui incarne le monde phénoménal.

Enfin la dernière abhisheka est celle du « mot ». Le

1. Chögyam Trungpa, *Le Cœur du sujet*, *op. cit.*, p. 196.

maître fait apparaître la vérité de notre esprit, sa pureté inhérente qui n'a jamais été souillée. Pour présenter ainsi la nature ineffable de la réalité, il peut présenter une sphère en cristal.

Il faut aussi noter que l'initiation véritable ne passe pas nécessairement par ces rites formels, mais peuvent survenir lors de la rencontre avec le guru. C'est ainsi que le grand siddha Khyoungpo Naldjor réalisa la nature de l'esprit lorsque la dakini Nigouma lui tendit un bol crânien débordant d'ambroisie en désignant son cœur, ou quand Tilopa frappa de sa sandale la joue de son disciple Naropa [1].

B. L'entrée dans le mandala

L'abhisheka nous fait entrer dans le monde sacré du dieu, qui est le monde réel. Nous ne le reconnaissons pas uniquement en raison de notre ignorance.

Un des points essentiels du tantra est donc d'apprendre à reconnaître tous les phénomènes comme participant au mandala des dieux, autrement dit de développer une vision pure et sacrée du monde ou *tag nang*. Le mandala est un objet de méditation qui vise à nous aider à transformer notre perception du monde ordinaire dans la perception pure de la nature de Bouddha qui imprègne toute chose.

Le monde n'est pas un ensemble de choses matérielles et périssables, mais la réflexion de la pureté inhérente du dharmakaya. Nous sommes au centre du monde, tel un roi au cœur de son royaume, ou telle une déité dans sa terre pure : « Lorsqu'on perçoit tous les phénomènes comme purs, les perceptions sensorielles peuvent alors être utilisées sur la voie de l'Éveil. Le monde est un "champ de Bouddha". Les formes, les êtres, amis comme ennemis,

1. Chögyam Trungpa, *Pratique de la voie tibétaine*, trad. Vincent Bardet, Paris, Éditions du Seuil, 1976, p. 102.

sont des manifestations de la déité qui symbolise l'Éveil. Les sons – le bruit de l'eau, du feu, du vent, les cris des animaux, les voix humaines – sont des mantra. Les pensées sont le jeu de la conscience éveillée, les miroitements de la connaissance [1] », écrit ainsi Matthieu Ricard.

Le mandala signifie littéralement « cercle », « association » ou « société ». Le terme tibétain est *kyilkhor, kyil* signifie le centre ou le milieu et *khor* signifie la bordure ou la périphérie. L'idée est celle d'une unité venant par un rassemblement de telle manière que chaque élément soit lié l'un à l'autre. Les textes emploient à ce propos l'analogie de la queue du yak : « Celle-ci est constituée d'un très grand nombre de poils individuels, mais ce qu'on voit est l'abondante touffe de poils. On ne peut pas prendre chaque poil isolément [2]. »

La notion de mandala est très difficile à comprendre, car elle est très éloignée de toutes nos habitudes de compréhension. Tout d'abord, contrairement à ce que pourraient laisser croire les représentations iconographiques de mandala, un mandala n'est pas une présentation de la réalité existant à l'extérieur de nous-mêmes, par exemple une représentation de l'univers. Bien au contraire, le mandala est d'abord l'ensemble même de notre être, il est « un sentiment d'existence complète où nous sommes au centre [3] ». Autrement dit, le mandala est l'expérience de l'entièreté de notre être. Tel est bien le changement même introduit par la perspective du tantra : « Le tantra n'est pas la voie du milieu, mais la voie de la totalité. C'est une voie impitoyable [4]. »

Le mandala est l'unité du monde qui apparaît à partir d'elle-même, sans aucun point de référence qui ne lui soit

1. Matthieu Ricard, *Moines danseurs du Tibet*, Paris, Albin Michel, 1999, p. 35.
2. Chögyam Trungpa, *Mandala*, trad. Richard Gravel, Paris, Éditions du Seuil, 1994, p. 145.
3. Chögyam Trungpa, *Folle Sagesse*, *op. cit.*, p. 51.
4. Chögyam Trungpa, *Tantra, la voie de l'ultime*, *op. cit.*, p. 148.

extérieur. Il est l'expérience même du sacré, si on entend le mot au sens plein du « rapport de toute chose à son entièreté [1] ». Dans un tel contexte, aucun élément ne peut être rejeté comme ne correspondant pas à la réalité, mais tout est inclus et reconnu pour ce qu'il est.

Si l'on pense naïvement que l'éveil doit être une sorte de liberté sans aucune mesure, la notion de mandala semble absurde. Mais les enseignements bouddhistes du Vajrayana affirment que, même dans l'éveil, il y a un territoire. Le mandala est ainsi ce qui donne la possibilité de *l'horizon*, au sens où le philosophe Jean Beaufret le définit comme étant non pas une « limite où cesse la visibilité, mais l'ampleur entière du domaine jusqu'où s'étend la vue [2] ».

L'horizon est ainsi ce qui ouvre la possibilité même de la visibilité. Le mandala ouvre une demeure pour l'homme.

C. Visualisation et méditation

Le yidam est la manifestation, sous une forme perceptible, de l'éveil dans une de ses qualités spécifiques. Le pratiquant visualise, lors de pratiques élaborées, la déité avec laquelle, dans certain tantra, il s'identifie. La visualisation n'est pas une pratique magique ni l'adoration d'une déité extérieure : « C'est un processus d'identification avec un principe particulier d'inspiration et d'énergie, avec conviction dans sa présence [3]. »

1. François Fédier, *Regarder Voir*, Paris, Les Belles Lettres/Archimbaud, 1995, p. 171.
2. Jean Beaufret, *Leçons de philosophie*, édition établie par Philippe Fouillaron, Paris, Éditions du Seuil, 1998, p. 92.
3. Chögyam Trungpa, *Visual Dharma. The Buddhist Art of Tibet*, Berkeley & Londres, Shambhala, 1975, p. 19.

Qu'est-ce que visualiser ?

Le terme de visualisation est très peu approprié pour décrire la pratique qui consiste à évoquer la déité pour éprouver sa présence.

La visualisation n'a rien à voir avec un effort industrieux, un exercice technique, elle n'est pas une construction intellectuelle, même si, dans un premier temps, elle peut apparaître comme telle au méditant qui n'est pas familiarisé avec une telle conduite. Elle implique tous les sens du pratiquant qui peut entendre la parole de la déité, sentir son parfum…

Les tangka [1] qui représentent des déités ne sont donc que des moyens pour aider le pratiquant à appeler à lui la présence de la déité : « Des milliers d'images existaient dans le panthéon bouddhique, mais nul ne doit imaginer que ces représentations furent jamais "adorées". Ces bronzes étaient conçus pour fournir une aide afin que le débutant puisse se concentrer sur la forme adéquate [2] ! »

Comme nous l'avons vu avec Vajrayogini, chaque détail de la déité comme du mandala qui est sa demeure est chargé d'un sens symbolique que le méditant doit garder à l'esprit. La visualisation n'est pas une promenade imaginaire qui nous permet d'échapper à la réalité, comme les dessins animés de Walt Disney, mais elle tente au contraire de nous faire redécouvrir la réalité telle qu'elle est.

1. Les tangka sont des peintures sur toile que l'on peut enrouler verticalement (et non horizontalement comme les rouleaux chinois). Ils sont peints sur une toile de coton ou de lin, suivant le modèle indien des *pata*.

2. Benoytosh Bhattacharyya, « Introduction to Buddhist Esoterism », *Le Tibet Journal*, Anduze, Éditions Dharma, 1985, p. 61.

Stade de développement (s. utpatikrama, t. kyérim) et stade de complétude (s. sampanakrama, t. dzogrim)

Toute pratique de visualisation est précédée et suivie d'une période de méditation sans forme où l'esprit reste dans son état naturel, sans aucun point de repère, aucun point de référence.

Avant toute évocation de la déité, le pratiquant se dissout dans la vacuité, il meurt au monde de l'expérience ordinaire. Cette expérience directe de la pureté primordiale dissout les tendances de l'ego à s'accrocher à l'existence de quelque chose de subsistant.

Dans cet espace, la déité apparaît comme présence spontanée. Elle n'est rien d'autre qu'une expression *pure* de la vacuité – tandis que les êtres ordinaires des six mondes n'en sont qu'une expression voilée et confuse.

Durant le stade de développement, le pratiquant entre en relation avec l'expression spontanée de la nature ouverte de la vacuité, tandis que, durant l'étape de complétude, il demeure simplement dans la conscience nue.

La visualisation peut être construite graduellement en esprit, ce qui est généralement la règle pour le pratiquant ordinaire, ou soudaine, comme « un poisson bondissant de l'eau », pour les pratiquants qui peuvent visualiser l'ensemble du mandala et des déités instantanément et avec une parfaite clarté.

Invoquer la déité c'est avant tout nous renvoyer à la vérité même de notre expérience. C'est ainsi qu'il faut comprendre que le bouddhisme est une religion non théiste. La déité ne peut rien pour nous, mais aspirer à la rencontrer, c'est déjà entrer dans un processus de transformation radicale. La distinction entre ces deux phases est donc fondamentale.

Comme l'explique Chögyam Trungpa : « Le divin, la divinité ou la bonté ne peuvent être pertinents que s'il n'y a personne pour les percevoir. Autrement dit, dieu peut être une expérience légitime s'il n'y a pas d'observateur de dieu. Le dieu ne peut être perçu qu'en l'absence du fidèle[1]. »

Samayasattva et Jnanasattva

Pour dissoudre tous les doutes que le pratiquant pourrait éprouver sur la présence réelle de la déité, la visualisation a lieu en deux temps. Tout d'abord la déité est visualisée comme *samayasattva*, « asservissement sacré de son propre être », il fait une sorte d'effort pour établir sa visualisation. Le pratiquant, ancré ainsi dans son expérience, invite alors les *jnanasattva* qui constituent un autre palier d'expérience. La jnana est un état d'ouverture qui signifie littéralement « sagesse ». Comme l'explique Chögyam Trungpa : « Toute tradition tantrique a pour but d'unir les idées élevées, le jnanasattva de l'humour et de l'ouverture, au samayasattva, qui est l'orientation physique ou corporelle de l'existence. La pratique de la visualisation est reliée à ce processus d'alliage du jnanasattva et du samayasattva. En un sens, la dimension des jnanasattva ne se visualise pas. Il n'est pas nécessaire de les visualiser : ils arrivent simplement. Ils descendent tout bonnement du ciel et entrent dans une visualisation encombrée et maladroite. Ils se dissolvent simplement dans notre fouillis[2]. »

D. Sacrifices et offrandes

À côté de la pratique principale de visualisation de la déité, ou le pratiquant reste dans sa présence, il existe des pratiques de sacrifices et d'offrandes aux déités.

Les plus anciens textes non hébreux que nous possédons

1. Chögyam Trungpa, *Tantra, la voie de l'ultime*, *op. cit.*, p. 208.
2. Chögyam Trungpa, *Voyage sans fin…*, *op. cit.*, p. 96 .

sont les Veda, qui furent écrits par les *rishi*, terme général qui désignent les visionnaires qui expérimentent directement la vérité. Cet ensemble de textes, non philosophiques, présentent des recueils d'hymnes et de formules pour une bonne exécution des sacrifices rituels. En faisant des offrandes aux dieux, ceux-ci vous donnent quelque chose en retour.

Ainsi si l'on sacrifie un bœuf, on reçoit des mérites (*punya*), autrement dit la fortune descend en nous comme une chose réelle.

Les offrandes étaient brûlées et la fumée pouvait rassasier les dieux. Les bouddhistes ont théorisé cette pratique et transformé les offrandes réelles en offrandes symboliques. On ne « reçoit » plus des mérites, on les accumule. La déité n'attend pas d'offrandes et ne fronce pas les sourcils si on omet d'en faire. Les offrandes sont faites pour notre propre bien, afin de développer les aspects positifs de notre être.

Shantideva (vers 685-763) est l'un des derniers grands maîtres du bouddhisme indien du Grand Véhicule. Son ouvrage, le *Bodhicaryavatara. Vivre en héros pour l'éveil* est un des textes majeurs appris par cœur par tous les bouddhistes tibétains. Il consacre vingt-trois strophes à la pratique des offrandes qui sont d'une grande beauté. En voici quelques-unes :

> Afin de saisir cette précieuse pensée,
> À Ceux-ainsi-allés,
> Aux sublimes Doctrines, gemmes immaculées,
> Aux fils des Vainqueurs, océans d'excellences,
>
> J'offre toutes les fleurs et les fruits,
> Toutes les formes de remèdes,
> Tous les joyaux de l'univers
> Et toutes les eaux pures et délicieuses ;
>
> Les montagnes faites de pierres précieuses,
> Et de même, les bois, les solitudes plaisantes,
> Les arbres célestes aux parures de fleurs

Et les arbres dont les branches ploient sous le poids des fruits ;

Les parfums des mondes divins,
Les encens, les arbres à souhaits
Et les arbres de pierreries, les moissons non cultivées
Et tous les autres ornements dignes d'être offerts

Les lacs et les bassins ornés de lotus
Et agrémentés du chant des cygnes ;
Toutes les choses qui n'appartiennent à personne
Dans les limites des sphères de l'espace immense ;
[...][1].

Une telle pratique fait naître une attitude continuelle de don, « chaque fois que nous voyons quelque chose qui nous touche par sa beauté – un paysage, un édifice, un monument, une fleur, etc. –, nous l'offrons aussi en pensée », écrit Kalou Rinpotché[2].

À cette pratique d'offrande par la pensée, il en existe une autre plus matérielle, le lhassang. Un lhassang est une purification divine, qui vient de la tradition ancienne des guerriers du Tibet. Cette cérémonie a pour finalité d'invoquer les déités et les protecteurs pour que, par leur présence, ils purifient tous les obstacles.

La cérémonie consiste à allumer un grand feu dans lequel certaines substances sont brûlées, comme du genièvre qui est considéré au Tibet comme un arbre sacré, et dont la fumée est abondante et parfumée.

En même temps que la fumée s'élève, le guerrier invoque les drala, les protecteurs, les ancêtres afin qu'ils lui donnent du succès dans ses entreprises et principalement lors des batailles.

Cette tradition guerrière contient un langage militaire où

1. Shantideva, *Vivre en héros pour l'éveil, Bodhicaryavatara*, trad. Georges Driessens, Paris, Éditions du Seuil, 1993, p. 27-28.

2. Kalou Rinpotché, *Bouddhisme ésotérique*, Mas Vinsargues, Claire Lumière, 1993, p. 120.

il s'agit de détruire les ennemis en faisant naître le courage, mais qui peut être pris dans un sens symbolique. Nous sommes des guerriers qui devons faire face au défi de nos propres vies.

Une telle évocation, en simplifiant notre esprit, nous permet d'apprécier le courage et le pouvoir qui existent naturellement en nous.

E. Le désir ardent et la dévotion

La manière d'entrer en rapport avec les dieux est simplement de les appeler. Cet appel exprime le désir que tout homme porte en lui, et qui implique la reconnaissance de son humilité fondamentale. Un tel désir peut prendre d'innombrables formes, mais il met l'homme toujours à nu, le rend plus authentique, car il révèle l'aspiration la plus profonde de son cœur.

À la différence des êtres des autres mondes qui sont dans la simplicité de leur état dans lequel ils subsistent, la vie de l'homme ne consiste pas à parcourir un tunnel continu. Il lui est possible d'éprouver son aspiration profonde pour sa vraie nature. Autrement dit, lui seul a à être, son être ne lui est pas donné. C'est là que réside sa spécificité, qui fait que les bouddhistes considèrent que plus précieuse que toute autre vie, même celle des deva, est la vie humaine, où il est possible d'atteindre la libération.

Aussi, même si nous sommes complets, nous avons une impression de séparation. Cela *est* notre état d'être humain ; nous sommes séparés. On ne peut pas se tromper soi-même en prétendant être entier. Il est même essentiel, au contraire, de reconnaître cet aspect de notre nature, car alors nous sentons la tristesse et le désir ardent, qui sont les deux faces de l'ouverture de notre cœur. Celles-ci sont les expressions les plus pures et les plus authentiques de notre cœur et constituent le chemin. Mais parce que, selon le bouddhisme, « la fin est le chemin », la tristesse et le désir ardent sont aussi la finalité du chemin.

De tels états ne sont pas l'expression d'un manque, comme ils peuvent d'abord le sembler, mais ils sont l'expression même de notre être. Le reconnaître ne nous rend pas misérable mais joyeux, parce que suivre notre désir ardent est, au fond, l'expression même de notre plénitude. La tristesse n'a donc rien d'une souffrance morale, mais est simplement l'expression de la plénitude de notre cœur. Elle est paradoxalement inséparable de la joie.

La vision des déités, comme la vision du maître, fait naître un profond désir pour une telle perfection d'être. Le bouddhisme tibétain n'a pas peur d'une certaine sentimentalité dans l'expression de son amour pour l'éveil. Et les maîtres les plus accomplis ne cessent pas de chanter cette tristesse positive, qui ouvre la réalité au-delà de toutes nos petites manipulations habituelles.

Un des beaux chants qui fait apparaître la nature de la tristesse et de la dévotion ardente fut écrit par Shabkar (1781-1851), un des grands maîtres du bouddhisme tibétain.

Après avoir récité les « Louanges à Tara » et la « Prière des actes parfaits », « *empli de tristesse* », il chante cette élégie :

Le précieux seigneur, l'incomparable maître,
S'est embarqué à bord de la grande nef du mérite
Qui vogue sur l'océan insondable des existences.
Il a hissé la voile de la sagesse
Par-delà le néant et l'éternité.
Emporté par les grands vents de la pure aspiration,
Il a atteint le royaume
De l'infinie félicité :
Le vaste continent d'or
Au-delà de la mort,
Au-delà des naissances.

Moi, son infortuné disciple,
Je vogue, délaissé,
Au milieu de l'océan de douleurs.

Père !
Incomparable capitaine !
Toi qui nous a sauvés de l'abysse
Du cycle des existences !
En quelque Terre d'infinie pureté
Que tu demeures,
Je te supplie de m'écouter,
Ne serait-ce qu'un instant !
Entends la sombre élégie de ton fils,
Abandonné, sans protecteur
Ni refuge.

Emporté par tes aspirations passées,
Tout comme le soleil par ses montures émeraude,
Tu étais parure du ciel,
Voie royale des divinités,
Iridescence au-dessus des cimes enneigées du Tibet ;
Unique ami du champ de lotus des enseignements du Bouddha,
Seigneur dont l'activité d'Éveil resplendissait de mille rayons entrelacés,
Ô Toi, Soleil, tu as maintenant disparu.

Tu m'as abandonné, orbe étincelant,
Tu m'as délaissé, Protecteur,
Je suis seul, inconsolable,
Au sommet de la montagne du couchant.

Désespoir,
La fleur d'ivoire éclose la nuit
S'ouvre à l'effleurement des rayons lunaires :
Mon bonheur brisé.

Bien qu'en l'esprit
Il n'y ait point de bois,
La tristesse l'embrase comme un grand feu.

Bien que dans le ciel de mes yeux
Il n'y ait point de nuages,
Une tempête de larmes se déchaîne.

Protecteur,
Bien que je n'aspire qu'à suivre tes pas,
Puissants adversaires, les émotions enténébrantes
M'ont séquestré sans secours dans les geôles du samsara ;
Me voilà solidement enchaîné aux fers
De la dépendance de l'ego.
[...][1].

1. Shabkar, *Autobiographie d'un yogi tibétain*, trad. Matthieu Ricard et Carisse Busquet, Paris, Albin Michel, 1998, p. 163-164. Shabkar compose ce chant au moment où il apprend la mort de l'un de ses maîtres. La tristesse qu'il éprouve et exprime ici n'a évidemment pas grand-chose à voir avec la tristesse due à la perte d'un parent ou d'un ami – elle est une manière de laisser le désir pour l'esprit d'éveil prendre toute sa mesure.

CHAPITRE V

Mythes et remarques sur la cosmologie

Avant de conclure notre ouvrage, pour remettre en place les différentes figures de dieux que nous avons présentées jusqu'ici, nous allons les rassembler à nouveau en dessinant rapidement les contours de la cosmologie bouddhiste.

Il existe plusieurs cosmologies, liées au différents véhicules. Pour toutes cependant le monde est organisé avec en son centre le mont Meru entouré de montagnes et de quatre continents dans les quatre directions cardinales.

Les différentes parties du mont Meru, les continents et les océans sont habités par des êtres dont l'existence est d'autant plus subtile qu'ils demeurent près du sommet du mont Meru. Les plus hauts états d'existence se trouvent juste au-dessus de la montagne.

Selon la perspective du Petit Véhicule (Hinayana), la structure du monde est très simple : les êtres inférieurs comme ceux des enfers, les préta ou fantômes affamés demeurent au-dessous du mont Meru, les êtres supérieurs résident au sommet de la montagne, tandis que les royaumes des plus hauts dieux se trouvent au-dessus du ciel.

Le continent du sud, la terre de Jambu, fournit une combinaison de plaisirs et de souffrances. Ce qui offre une situation propice pour que ses habitants puissent concevoir la possibilité de s'éveiller. C'est la terre où les êtres humains demeurent et où le bouddha Sakyamuni atteignit l'éveil.

Selon l'approche du Grand Véhicule de la compassion pour tous les êtres (Mahayana), il existe, comme nous l'avons déjà souligné, une infinité de terres pures, ou champs de Bouddha, qui font éclater le modèle cosmologique précédent à des dimensions au-delà de toutes limites. La structure cosmologique autour du mont Meru n'est cependant pas niée, mais intégrée dans un ensemble bien plus vaste. Un nombre incalculable de bouddhas et bodhisattvas sont engagés dans un processus d'enseignement, pratiquant les dix perfections et accomplissant des miracles pour le bien de tous les êtres. De ce point de vue, le monde est le terrain de l'éveil plutôt qu'une prison dont il s'agit de s'échapper. À la différence des pratiquants de l'Hinayana, parfois nommés les *individualistes*, car ils cherchent, par leur éveil personnel, à fuir le monde pour achever le cycle des existences cycliques, les bodhisattvas contribuent à la création de nouveaux mondes dans lesquels ils peuvent accomplir leurs vœux de libérer tous les êtres.

L'approche tantrique, concernée par notre séjour dans ce monde, ne présente pas une cosmologie très différente, mais elle considère ce monde comme le lieu même où l'éveil est possible. La vie cyclique et la vie qui transcende tous les cycles ont la même base.

Enfin selon l'approche du dzogchen, qui est le point culminant des enseignements du bouddhisme selon l'école Nyingmapa, la cause de la création de l'univers n'est pas le résultat des actions des êtres, ni l'interaction de la compassion des bouddhas et des êtres sentants, mais *rigpa*, un état de pure et complète présence. Le terrain fondamental étant par nature libre de toute souillure, tous les êtres sont éveillés et ne sont entravés par aucune limitation réelle. Tout émerge spontanément de la nature pure. Il ne s'agit que de reconnaître cet état primordial.

Conclusion

Nous émettons le souhait que ce petit ouvrage aura permis au lecteur d'entrevoir la dimension vaste et pleine du bouddhisme tantrique de la tradition tibétaine telle qu'elle est encore pratiquée aujourd'hui. Nous n'avons pas fait une présentation historique et psychologique des mythes, mais nous avons tenté de nous mettre à l'écoute de la présence du divin sous les multiples visages qu'il prend pour apparaître.

Par fidélité à la vastitude de cette dimension, et contrairement à l'usage, il faudrait peut-être préférer l'emploi du terme des dieux pour les dieux non mondains, car ce sont eux qui présentent le visage *lumineux* de l'esprit d'éveil.

Les divinités locales et les divinités mondaines, êtres non éveillés et mortels, ont une existence toute relative. Ils dépendent par exemple de nos offrandes, c'est-à-dire qu'ils vivent de la communication que nous établissons avec eux. Ils s'identifient avec ce que nous pensons d'eux. En recevant des offrandes ils sont soumis à nos *projections* et perdent conscience de ce qu'ils sont.

Le pratiquant n'appelle pas toutes ces divinités, certaines sont assez négatives, mais il choisit celles qui peuvent l'aider. Il n'a pas foi en elles particulièrement, mais il les respecte et leur demande de faire ce qu'il faut. Le fait d'être un être humain nécessite de savoir distinguer, entre les différents dieux, ceux qu'il faut respecter, ceux qu'il faut asservir et ceux qui peuvent nous aider sur notre chemin.

Au contraire, le guru, les yidam, les bouddhas et bodhisattvas sont au-delà de toutes séparations, ils sont des visages de notre propre nature, que chaque être aspire à rejoindre et à faire fleurir. Leur présence seule peut permettre au pratiquant d'entrer en contact avec la plénitude sans limitation de son cœur.

Si, dans un premier temps, il nous faut nous ouvrir à cette dimension, l'important n'est pas de se contenter de sentir la présence des dieux comme une abstraction diffuse, mais de pouvoir les reconnaître et de développer ainsi l'intuition pénétrante qui est la finalité même de la pratique spirituelle. On se souvient en effet que, à la différence de la voie des ascètes, celle du Bouddha comporte le développement de l'intuition pénétrante, *vidhya*, dont la racine *weid se retrouve dans le mot grec *idein*, voir. L'éveil, le développement du non-ego survient par le développement de l'intelligence, entendue non comme une accumulation de connaissances, mais comme la capacité de voir avec clarté dans le présent vivant. La relation du pratiquant avec les dieux constitue le chemin tout entier. Elle n'est pas un préalable au chemin.

Retrouver le sens des mythes, comme manifestation même du divin, est d'autant plus important que la crise du monde des Temps Nouveaux entraîne l'effacement de l'expérience religieuse et l'isolement de l'homme dans sa conscience. L'homme est tenté d'avoir toujours davantage la mainmise sur la réalité. Une telle volonté aboutit aujourd'hui à ne prendre en compte le monde que dans un rapport de management généralisé dont parle, par exemple, Pierre Legendre : « Le management prêche pour le pouvoir transparent, rationnel et bon, il chasse les ténèbres mythologiques, il croit à l'inutilité des cérémonies[1]. » Ainsi nous aboutissons à un temps où, comme le disait Georges Bernanos : « L'espèce de civilisation qu'on appelle encore de ce nom – alors qu'aucune barbarie n'a fait mieux qu'elle, n'a été plus loin qu'elle dans la destruction – ne menace

1. Pierre Legendre, *La Fabrique de l'homme occidental*, Paris, Éditions Mille et une nuits, 1996, p. 7.

pas seulement les ouvrages de l'homme : elle menace l'homme lui-même ; elle est capable d'en modifier profondément la nature, non pas en y ajoutant sans doute mais en y retranchant. Devenue plus ou moins maîtresse de nos cerveaux par sa propagande colossale, elle peut se donner, bientôt peut-être, un matériel humain fait pour elle, approprié à ses besoins [1]. »

Prendre en compte l'expérience des dieux, c'est se demander avec Martin Heidegger : « À travers quels enfers faudra-t-il encore que l'être humain passe pour que s'ouvre à lui l'expérience qu'il ne se fait pas à lui tout seul [2]. »

Il ne faudrait pas penser, comme le cynisme actuel tente de nous le faire croire, qu'un rapport vivant aux dieux est aujourd'hui impossible et qu'il faut s'abandonner dans le courant actuel.

La modernité est un renversement des modes de pensées classiques. Elle met l'homme dans une situation où aucune autorité en tant que telle ne peut plus désormais s'imposer à lui. Cette situation décrite comme celle de la mort de Dieu – ce dernier entendu comme référence et garantie de l'ensemble de la réalité – ouvre paradoxalement peut-être la possibilité à un rapport plus direct, plus simple et plus immédiat avec le divin.

La nuit de l'Occident est peut-être aussi une chance pour un rapport neuf à la Tradition qui n'est pas asservissement mais liberté véritable.

Le bouddhisme du Vajrayana, voie initiatique authentique, présente la possibilité à l'homme déshumanisé de retrouver le chemin de la présence des dieux, non par l'adhésion à une série de dogmes mais en trouvant le moyen d'examiner avec plus de précision sa propre expérience – et d'en découvrir le caractère illimité.

1. Georges Bernanos, « Révolution et liberté », Sorbonne, le 7 février 1947, dans *La Liberté pour quoi faire ?*, Paris, Gallimard, 1953, p. 126.

2. Lettre à Hannah Arendt du 12 avril 1968, dans *Hannah Arendt Martin Heidegger Briefe/1925-1975*, Francfort-sur-le-Main, Vittorio Klostermann, 1998.

Mais il ne faudrait pas croire que le bouddhisme est la panacée à la détresse de notre époque. Il ne va pas faire réapparaître les dieux qui se sont retirés. Le bouddhisme propose une voie aride et difficile pour continuellement démasquer notre hypocrisie, une discipline ardue pour retrouver le chemin de notre propre cœur et un apprentissage de la confiance sans limites pour la clarté et la chaleur bienveillante de l'éveil.

Il reste aujourd'hui une des dernières traditions dont des maîtres vivants, incarnant la vérité de leur enseignement, donnent ce courage de sauter au-delà du monde confortable et pénible de nos espoirs et de nos peurs de telle manière qu'il soit possible de transformer notre rapport au monde et par là la société tout entière.

Annexes

Bibliographie

Arendt, Hannah, « Qu'est-ce que l'autorité », *La Crise de la culture*, trad. Patrick Lévy, Paris, Gallimard, 1972.

Arènes, Pierre, *La Déesse Sgrol-Ma (Tara). Recherches sur la nature et le statut d'une divinité du bouddhisme tibétain*, Louvain, Uitgeverij Peeters Departement Oriëntalistiek, 1996.

Baker, Ian A., *L'Art de guérir au Tibet*, trad. Patrick Carré, Paris, Éditions du Seuil, 1998.

Beaufret, Jean, *Leçons de philosophie*, édition établie par Philippe Fouillaron, Paris, Éditions du Seuil, 1998.

Bernanos, Georges, *La Liberté pour quoi faire ?*, Paris, Gallimard, 1953.

Blondeau, Anne-Marie, *Religions du Tibet*, Paris, Gallimard, coll. « La Pléiade », repris dans *Histoire des religions*, III, Paris, Gallimard, coll. « Folio Essais », 1999.

Bonardel, Françoise, *L'Hermétisme*, Paris, PUF, coll. « Que sais-je ? », 1985.

Coomaraswamy, Ananda K., *Hindouisme et Bouddhisme*, Paris, Gallimard, 1949.

Chokyi Nyima Rinpotché, *The Union of Mahamudra and Dzogchen*, Hong Kong, Rangjung Yeshe Publications, 1989.

Clark, W. E., *Two Lamaist Pantheons*, Cambridge, Harvard University Press, 1937.

Cornu, Philippe, *Longchenpa. La liberté naturelle de l'esprit*, Paris, Éditions du Seuil, 1994.

–, *Padmasambhava. La magie de l'éveil,* Paris, Éditions du Seuil, 1997.

–, *Tibet. Le rayonnement de la sagesse*, Paris, Guy Trédaniel, 1998.

Cretella, Henri, « La théologie de Heidegger », *Études heideggeriennes*, Berlin, Duncker & Humblot, 1995.

Dalaï-Lama, *Kalacakra. Enseignements préliminaires et initiations*, Marzens (81500), Éditions Vajra Yogini, 1998.

–, *Le Yoga de la sagesse*, Paris, Presses du Châtelet, 1999.

–, entretien avec John Avédon en 1980, dans *Une politique de la bonté*, Vernègues, Claire Lumière, 1993.

Deshayes, Laurent, *Histoire du Tibet*, Paris, Fayard, 1997.

Dowman, Keith, *The Sacred Life of Tibet*, San Francisco, Thorson, 1997.

Fédier, François, *Interprétations*, Paris, PUF, 1985.

–, *Regarder Voir*, Paris, Les Belles Lettres/Archimbaud, 1995.

Goldstein, Joseph, *L'Expérience de la clarté intérieure*, Paris, Éditions Adyar, 1998.

Gordon A., *The Iconography of Tibetan Lamaism*, New York, Paragon, 1967.

–, *Tibetan Religious Art*, New York, Colombia University Press, 1952.

Guénon, René, *Aperçus sur l'initiation*, Paris, Éditions Traditionnelles, 1992.

–, *La Crise du monde moderne*, Paris, Gallimard, 1973.

–, *Mélanges*, Paris, Gallimard, coll. « NRF », 1976.

–, *L'Ésotérisme de Dante*, Paris, Gallimard, coll. « NRF », 1957.

Gyamtso, Khenpo Tsültrim, *Progressive Stage of Meditation of Emptiness*, Oxford, Longchen Fondation, 1986.

Harvey, Peter, *Le Bouddhisme*, trad. Sylvie Carteron, Paris, Éditions du Seuil, 1993.

Hayward, Jeremy, *Le Monde sacré de Shambhala*, trad. Stéphane Bédard, Paris, Éditions du Seuil, 1999.

Heidegger, Martin, « L'époque des "conceptions du monde" », *Chemins qui ne mènent nulle part*, trad. Wolfgang Brokmeier, Paris, Gallimard, 1962.

–, *Que signifie penser ?*, trad. Aloys Becker et Gérard Granel, Paris, PUF, coll. « Épiméthée », 1959.

Kalou Rinpotché, *La Voie du Bouddha*, Paris, Éditions du Seuil, 1993.

–, *Le Dharma, qui illumine tous les êtres comme la lumière du soleil et de la lune*, Belgique, Huy, Kunchab, 1989.

–, *Bouddhisme ésotérique*, Mas Vinsargues, Claire Lumière, 1993.

Karmay, Samten G., « L'apparition du petit homme tête-noire », Paris, *Journal asiatique*, vol. CCLXXIV, n° 12, 1986.

–, « Introduction générale à l'histoire et aux doctrines du Bön », trad. Yvan Comolli, Paris, *La Nouvelle Revue tibétaine*, mai 1985, n° 11 ; octobre 1985, n° 12 ; mars 1986, n° 13.

Khoa, Nguyen Huu, *Petite Histoire du Tchan*, Paris, Éditions du Seuil, 1998.

Khyentsé, Dilgo, *The Wish-Fulfilling Jewel*, Boston et Londres, Shambhala Publications, 1988.

–, *La Fontaine de grâce*, trad. Comité de traduction Padmakara, Saint-Léon-sur-Vézère, Éditions Padmakara, 1995.

–, *Le Trésor du cœur des éveillés*, trad. Padmakara, Paris, Éditions du Seuil, 1996.

Kongtrul, Jamgon, The Third, *Cloudless Sky. The Mahamudra Path of the Tibetan Buddhist Kagyü School*, Boston, Shambhala Publications, 1992.

Kornman, Robin, « Gesar of Ling. A tribal History », *Religion of Tibet in practice*, Princeton, Princeton University Press, 1997.

Kvaerne, Per, « Le Bön, l'autre religion », *Tibétains, 1959-1999 : 40 ans de colonisation*, Paris, Autrement, 1988.

Lamothe, Marie-José, *Dans les pas de Milarépa, de l'Everest au mont Kailash*, Paris, Albin Michel, 1998.

Linrothe, Rob, *Ruthless Compassion, Wrathful Deities in Early Indo-tibetan Esoteric Buddhist*, Boston, Shambhala Publications, 1999.

Macdonald, *Le Mandala de Manjusrimulakalpa*, Paris, Collection Jean Przyluski, vol. III, 1962.

Mignot, André, *Le Bouddha*, Paris, Le Club français du livre, 1958.

Nebesky-Wojkowitz, Réne de, *Oracles and Demons of Tibet. The Cult and Iconography of the Tibetan Protective Deities*, Delhi, Book Faith India, 1996.

Norbu, Namkhaï, *Le Collier de gZi, une histoire culturelle du Tibet*, Saint-André-de-Majancoules, Communauté Dzog-chen France pour la traduction française, 1991.

Norbu, Thinley, *The Small Golden Key*, New York, Jewel Publishing House, 1985.

Otto, Walter F., « La percée jusqu'au mythe », *Essais sur le mythe*, trad. Pascal David, Paris, TER, 1987.

–, *L'Esprit de la religion grecque ancienne, Théophania*, trad. Jean Lauxerois et Claude Roëls, Paris, Berg International, 1995.

Patrul Rinpotché, *Le Chemin de la grande perfection*, trad. Comité de traduction Padmakara, Saint-Léon-sur-Vézère, Éditions Padmakara, 1987 (dont le glossaire est remarquable).

Reinhardt, Karl, *Eschyle*, trad. Emmanuel Martineau, Paris, Éditions de Minuit, 1972.

Ricard, Matthieu, *Moines danseurs du Tibet*, Paris, Albin Michel, 1999.

Robert, Jean-Noël, *Le Sûtra du Lotus*, trad. du chinois, Paris, Fayard, 1997.

Schnetzler, Jean-Pierre, *La Franc-maçonnerie comme voie spirituelle*, Paris, Éditions Dervy, 1999.

Seyfort Ruegg, David, « Sur les rapports entre le bouddhisme et le "substrat religieux" indien et tibétain », Paris, *Journal asiatique*, 1964.

Shabkar, *Autobiographie d'un yogi tibétain*, trad. Matthieu Ricard et Carisse Busquet, Paris, Albin Michel, 1998.

Shantideva, *Vivre en héros pour l'éveil, Bodhicaryavatara*, trad. Georges Driessens, Paris, Éditions du Seuil, 1993.

Silburn, Lilian, *Aux sources du bouddhisme*, Paris, Fayard, 1977 (rééd. 1997).

Snellgrove, David L., *The Nine Ways of Bon*, Londres, Oxford University Press, 1967.

–, *Indo-Tibetan Buddhism,* Londres, Serindia Publications, 1987.
Stein, Rolf A., *La Civilisation tibétaine*, Paris, L'Asiathèque, 1987.
Stril-Rever, Sofia, *Le Tantra de Kalacakra. Anatomie et astrologie subtiles de « la roue du temps »,* à paraître.
Thurman, Robert A. F., et Rhie, Marylin M., *Wisdom and Compassion. The Sacred Art of Tibet*, New York, Harry N. Abrams, 1996.
Tucci, Guiseppe, *Théorie et Pratique du Mandala*, Paris, Fayard, 1974.
Trungpa, Chögyam, *L'Aube du tantra*, Paris, Albin Michel, 1982.
–, *Vajrayana Seminary*, Halifax, Vajradhatu Publications, 1975.
–, *Collected Vajra Assemblies*, Halifax, Vajradhatu Publications, 1990.
–, *Voyage sans fin. La sagesse tantrique du Bouddha*, trad. Stéphane Bédard, Paris, Éditions du Seuil, 1992
–, *Tantra, la voie de l'ultime*, trad. Stéphane Bédard, Paris, Éditions du Seuil, 1996.
–, *Le Cœur du sujet*, trad. Stéphane Bédard, Paris, Éditions du Seuil, 1993.
–, *Pratique de la voie tibétaine*, trad. Vincent Bardet, Paris, Éditions du Seuil, 1976.
–, *Shambhala, la voie sacrée du guerrier*, trad. Richard Gravel, Paris, Éditions du Seuil, 1990.
–, *Mandala*, trad. Richard Gravel, Paris, Éditions du Seuil, 1994.
–, *Folle Sagesse*, trad. Zéno Bianu, Paris, Éditions du Seuil, 1993.
–, *Visual Dharma. The Buddhist Art of Tibet*, Berkeley & Londres, Shambhala, 1975.
Urgyen, Tulku, *Rainbow Painting*, Boudhanath, Rangjung Yeshe Publications, 1995.
Vezin, François, postface et notes dans Martin Heidegger, *Séjour*, Paris, Éditions du Rocher, 1992.

Index

Glossaire

Abhisheka (s.) (t. *wang*) : Litt. « transfert de pouvoir ». L'abhisheka est la cérémonie par laquelle, dans le Vajrayana, est transmis le pouvoir vivant de la lignée sous formes de rituels symboliques.

Amrita (s.) (t. *dutsi*) : Nectar qui symbolise la sagesse.

Arhat (s.) : Le méritant idéal du bouddhisme, celui qui, dans la perspective du Petit Véhicule (*Hinayana*), définitivement libéré des passions, atteint la parfaite connaissance et la délivrance finale (*nirvana*). L'arhat est considéré comme n'ayant pas atteint l'état de Bouddha parfait.

Asura (s.) : Une des six classes d'êtres, les « dieux jaloux » qui combattent contre les deva.

Bodhisattva (s.) : Le « héros de l'esprit d'éveil », qui s'engage dans la voie de la compassion et des six vertus transcendantes (*paramita*). Dans le Mahayana, il constitue l'idéal du pratiquant, celui qui, parvenu à l'éveil, renonce à la délivrance finale (*nirvana*) afin d'aider tous les êtres à se libérer de la souffrance et de la cause de la souffrance.

Bouddha (s.) (t. *Sangyé*) : Un bouddha est un être pleinement éveillé. Il a purifié toutes les passions et développé toutes les qualités de l'éveil. L'état de bouddha est donc un état intégral et parfait, dénué de tout conditionnement et omniscient.

Daka (s.) : Équivalent tantrique du bodhisattva, le pratiquant accompli.

Dakini (s.) : Litt. « qui se meut dans l'espace ». Êtres spirituels féminins associés à la sagesse.

Deva (s.) : Êtres célestes qui vivent dans la félicité, bien qu'ils soient soumis, comme tous les autres êtres vivants, au cycle des renaissances. Ces êtres bénéficient d'une vie longue et heureuse comme résultat de leurs bonnes actions passées. Ce bonheur constitue toutefois le principal obstacle à leur progression vers la libération, car il les empêche de découvrir la vérité de la souffrance et de se tourner vers le dharma.

Dharma (s.) : Litt. « ce qui supporte ». La loi cosmique, l'ordre universel, par extension, la doctrine du Bouddha qui concerne la nature essentielle des phénomènes. Il peut aussi signifier les phénomènes.

Dharmadhatu : Espace absolu, synonyme de vacuité.

Dharmapala : Êtres spirituels masculins ou féminins voués à la protection des enseignements.

Dharmakaya (s.) : Le corps de la loi. La véritable nature du Bouddha, immuable et intemporelle, correspondant à la réalité absolue.

Dzogchen (s.) (t. *Mahasandhi*) : La Grande Perfection, autre nom de l'atiyoga, le sommet des neuf véhicules. L'état de perfection primordiale de tous les êtres et de tous les phénomènes.

Gandharva (s.) (t. *Dri-za*) : Bien connus du panthéon brahmanique, les gandharva sont des sortes de demi-dieux qui, comme musiciens et chanteurs, prennent part aux festins des dieux. Ils se nourrissent d'odeurs, bonnes ou mauvaises selon leur karma.

Garuda (t. *khyoung*) : Oiseau mythique, faucon ou aigle céleste qui provient du panthéon brahmanique. Il naît complètement formé de son œuf et symbolise l'état d'esprit de l'éveil, ou nature de Bouddha.

Guélouk : Une des quatre grandes écoles du bouddhisme tibétain, fondée par Jé Tsongkhapa (1357-1419), et la plus récente des trois écoles de la tradition nouvelle.

Hinayana (s.) : Dans la perspective du Vajrayana, le véhicule adamantin, le Hinayana est le premier véhicule, celui de la renonciation et des quatre nobles vérités que doit emprunter tout pratiquant sur la voie. Mais à la différence des tenants du Théravada, il n'est pas considéré comme le véhicule ultime.

Jina (s.) : Les cinq bouddhas cosmiques.

Kagyü : Une des quatre grandes écoles du bouddhisme tibétain, fondée par Tilopa en Inde et introduite au Tibet par Marpa, puis Milarépa.

Kalpa (s.) : Cycle cosmique d'une durée infiniment longue.

Karma (s.) : Litt. « l'acte ». Loi de causalité universelle selon laquelle tout acte produit des conséquences proches ou lointaines, des « fruits », rétribution ou sanction, dont la maturation peut dépasser le cours d'une vie, ce qui entraîne d'autres existences successives jusqu'à la totale destruction du karma.

Khatvanga (s.) : Sorte de trident des pratiquants du tantra qui permet de pourfendre les trois poisons (ignorance, désir, agression).

Kilaya (s.) (t. *P'ourba*) : Dague pyramidale sacrée symbolisant l'activité pénétrante des bouddhas et la dissipation des obstacles.

Klesha (s.) : Émotion conflictuelle, tous les phénomènes mentaux qui tourmentent notre esprit.

Lha (t.) : La divinité, le dieu en tant qu'il est bienveillant. Désigne parfois les bouddhas et les yidam, parfois les dieux mondains.

Lhassang (t.) : Purification divine, qui vient de la tradition ancienne des guerriers du Tibet. Cette cérémonie a pour fin d'invoquer les déités et les protecteurs pour que, par leur présence, ils purifient tous les obstacles.

Mahakala (s.) : Protecteurs du dharma qui sont généralement noirs ou d'une couleur sombre, *maha* signifiant grand et *kala* ou *kali*, noir.

Mahamudra (s.) : Le grand sceau de la nature absolue apposé sur tous les phénomènes. Cette contemplation immédiate et sans effort de la vraie nature de l'esprit est l'enseignement ultime de l'école Kagyü.

Mahayana (s.) : Grand Véhicule, qui se développe progressivement entre 150 av. J.-C. et 300 apr. J.-C., et qui met l'accent sur la compassion, l'idéal du bodhisattva et la réalisation de la vacuité.

Mahasiddha (s.) : Grand détenteur des accomplissements parfaits. On connaît surtout le groupe de quatre-vingt-quatre mahasiddha, qui ont vécus, entre le VIIe et le XIIe siècle, en Inde. Ils offrent autant d'exemples différents de pratiquants, généralement des laïcs, hommes ou femmes, menant une vie errante fort peu conventionnelle de saints magiciens aux allures de fous.

Mandala (s.) : Litt. « cercle », « association » ou « société ». Le terme tibétain est *kyilkhor, kyl* signifie le centre ou le milieu et *khor* signifie la bordure ou la périphérie. Le mandala désigne le territoire sacré de l'éveil.

Mantra (s.) : Syllabes qui, dans les pratiques du Vajrayana, protègent l'esprit du pratiquant contre les perceptions ordinaires, invoquent le yidam et les divinités qui l'entourent. Manifestations de l'éveil suprême sous formes de sons.

Mudra (s.) : Geste symbolique.

Naga (s.) : Catégorie d'êtres vivants dans les eaux et considérés comme faisant partie du domaine animal. Les naga sont aussi classés parmi les êtres du monde souterrain, gardiens des trésors du sous-sol.

Nyingma (t.) : L'école la plus ancienne du bouddhisme tibétain. Elle fut fondée au VIIIe siècle par Padmasambhava et les moines Vimalamitra et Vairochana.

Pandit (s.) : Un savant ou un érudit qui étudie et interprète les écritures de manière intellectuelle.

Prajna (s.) : La sagesse transcendante parfaite. Elle se distingue de la sagesse profane en ce qu'elle est non dualiste, intuitive, immédiate et sans limites.

Prana (s.) : La force de vie, ce qui est en mouvement et qui est lié à l'esprit et au corps dont elle régit les fonctions. Le terme est parfois traduit par souffle.

Raksasa (s.) : Monstre ou démon qui peut revêtir n'importe quelle forme à volonté. Esprit malfaisant et anthropophage, parfois traduit par ogre.

Réaliser/réalisation (s. *adhigama*) : Assimiler totalement, intégrer, rendre manifeste en soi, comprendre directement.

Sadhana (s.) : Moyen d'accomplissement de la déité. Une sadhana comprend des visualisations, des récitations de mantra et souvent des yoga internes.

Samadhi (s.) : État de recueillement obtenu par la pacification de l'esprit.

Samsara. (s.) : Litt. « migration ». Le cycle des existences (naissances et morts) auquel on ne peut échapper que par la délivrance finale (*nirvana*). L'enchaînement dans le samsara résulte de l'action des trois poisons : le désir (*trishna*), l'ignorance (*avidhya*) et la haine (*avesha*).

Sangha (s.) : La communauté des pratiquants bouddhistes.

Shamatha (s.) (t. *shiné*) : La pratique de la méditation destinée à calmer les pensées par l'attention à un objet de fixation (respiration, lettre, image, etc.).

Shunyata (s.) : La vacuité, l'absence d'existence propre.

Skandha (s.) : Litt. « agrégat, groupement ». Les cinq éléments qui, rassemblés, constituent la personnalité humaine individualisée : *rûpa*, la forme, *vedana*, la sensation, *samjna*, la perception, *samskara*, les formations mentales, *vijnana*, la conscience.

Sûtra (s.) : Les discours du Bouddha, généralement sous forme de texte concis, dans le Hinayana et le Mahayana.

Tantra (s.) : Voie dont l'enseignement est fondé sur la pureté inhérente de toutes situations.

Terma (s.) : Trésors spirituels, enseignements (mais aussi statues, objets ou rituels) qui furent cachés pour le bien des générations futures, puis découverts par des êtres prédestinés, les *tertons*, dans la terre, les lacs, les océans, les rochers, les arbres, le ciel ou les endroits plus subtils où ils étaient cachés.

Tathagata (s.) : Celui qui est parvenu par lui-même à l'éveil suprême et définitif (t. *samyak-sambodhi*). Le mot qualifie généralement le bouddha Shakyamuni.

Tathata (s.) : L'Ainsi, la véritable nature des choses telles qu'elles sont.

Vajra (s.) (t. *dordjé*) : Instrument rituel symbolisant la compassion, les moyens habiles, toujours associé à la cloche (t. *gantha*) qui représente la connaissance et la vacuité. Symbole de la sagesse immuable et indestructible, capable de tout pénétrer.

Vajrayana (s.) : Le véhicule ultime, qui prend pour voie le fruit, car on considère que les sagesses des bouddhas sont déjà présentes dans l'essence de notre esprit (la nature de Bouddha).

Yana (s.) : Véhicule, synonyme de la voie ou méthode. Il en existe selon le bouddhisme tibétain trois : le Hinayana ou Petit Véhicule, le Mahayana ou Grand Véhicule, qui met l'accent sur la perspective altruiste, et le Vajrayana ou véhicule adamantin qui reconnaît la pureté inhérente de chaque dharma.

Yum (t.) : Divinité féminine représentée unie à une divinité masculine (*yab*). Elle symbolise la sagesse inséparable des moyens habiles, la vacuité inséparable des phénomènes.

Yidam (t.) (s. *ista devata*) : divinité hors du commun, bouddha ou bodhisattva, sur laquelle on s'appuie dans la méditation. Divinité représentant le Bouddha, l'éveil complet, sous un aspect masculin ou féminin, paisible ou courroucé, et qui correspond à notre nature spécifique. Le terme est parfois traduit par divinité de sagesse ou divinité tutélaire.

Table des illustrations

Table

RÉALISATION : PAO ÉDITIONS DU SEUIL
IMPRESSION : MAURY-EUROLIVRES – 45300 MANCHECOURT
DÉPÔT LÉGAL : MAI 2000 – N° 36235-2 (05/04/113628)

Collection Points

SÉRIE SAGESSES

dirigée par Vincent Bardet et Jean-Louis Schlegel

Sa1. Paroles des anciens. Apophtegmes des Pères du désert *par Jean-Claude Guy*
Sa2. Pratique de la voie tibétaine, *par Chögyam Trungpa*
Sa3. Célébration hassidique, *par Elie Wiesel*
Sa4. La Foi d'un incroyant, *par Francis Jeanson*
Sa5. Le Bouddhisme tantrique du Tibet, *par John Blofeld*
Sa6. Le Mémorial des saints, *par Farid-ud-D'in' Attar*
Sa7. Comprendre l'Islam, *par Frithjof Schuon*
Sa8. Esprit zen, esprit neuf, *par Shunryu Suzuki*
Sa9. La Bhagavad Gîtâ, *traduction et commentaires par Anne-Marie Esnoul et Olivier Lacombe*
Sa10. Qu'est-ce que le soufisme ?, *par Martin Lings*
Sa11. La Philosophie éternelle, *par Aldous Huxley*
Sa12. Le Nuage d'inconnaissance *traduit de l'anglais par Armel Guerne*
Sa13. L'Enseignement du Bouddha, *par Walpola Rahula*
Sa14. Récits d'un pèlerin russe, *traduit par Jean Laloy*
Sa15. Le Nouveau Testament *traduit par Émile Osty et Joseph Trinquet*
Sa16. La Voie et sa vertu. Tao-tê-king, *par Lao-tzeu*
Sa17. L'Imitation de Jésus-Christ, *traduit par Lamennais*
Sa18. Le Mythe de la liberté, *par Chögyam Trungpa*
Sa19. Le Pèlerin russe, trois récits inédits
Sa20. Petite Philocalie de la prière du cœur *traduit et présenté par Jean Gouillard*
Sa21. Le Zohar, *extraits choisis et présentés par Gershom G. Scholem*
Sa22. Les Pères apostoliques *traduction et introduction par France Quéré*
Sa23. Vie et Enseignement de Tierno Bokar *par Amadou Hampaté Bâ*
Sa24. Entretiens de Confucius, *traduction par Anne Cheng*
Sa25. Sept Upanishads, *par Jean Varenne*
Sa26. Méditation et Action, *par Chögyam Trungpa*
Sa27. Œuvres de saint François d'Assise
Sa28. Règles des moines, *introduction et présentation par Jean-Pie Lapierre*
Sa29. Exercices spirituels par saint Ignace de Loyola *traduction et commentaires par Jean-Claude Guy*
Sa30. La Quête du Graal, *présenté et établi par Albert Béguin et Yves Bonnefoy*

Sa31. Confessions de saint Augustin
traduction par Louis de Mondadon
Sa32. Les Prédestinés, *par Georges Bernanos*
Sa33. Les Hommes ivres de Dieu, *par Jacques Lacarrière*
Sa34. Évangiles apocryphes, *par France Quéré*
Sa35. La Nuit obscure, *par saint Jean de la Croix*
traduction du P. Grégoire de Saint-Joseph
Sa36. Découverte de l'Islam, *par Roger Du Pasquier*
Sa37. Shambhala, *par Chögyam Trungpa*
Sa38. Un saint soufi du XXe siècle, *par Martin Lings*
Sa39. Le Livre des visions et instructions
par Angèle de Foligno
Sa40. Paroles du Bouddha, *traduit du chinois par Jean Eracle*
Sa41. Né au Tibet, *par Chögyam Trungpa*
Sa42. Célébration biblique, *par Elie Wiesel*
Sa43. Les Mythes platoniciens, *par Geneviève Droz*
Sa44. Dîwân, *par Husayn Mansûr Hallâj*
Sa45. Questions zen, *par Philip Kapleau*
Sa46. La Voie du samouraï, *par Thomas Cleary*
Sa47. Le Prophète *et* Le Jardin du Prophète
par Khalil Gibran
Sa48. Voyage sans fin, *par Chögyam Trungpa*
Sa49. De la mélancolie, *par Romano Guardini*
Sa50. Essai sur l'expérience de la mort
par Paul-Louis Landsberg
Sa51. La Voie du karaté, *par Kenji Tokitsu*
Sa52. Le Livre brûlé, *par Marc-Alain Ouaknin*
Sa53. Shiva, *traduction et commentaires d'Alain Porte*
Sa54. Retour au silence, *par Dainin Katagiri*
Sa55. La Voie du Bouddha, *par Kyabdjé Kalou Rinpoché*
Sa56. Vivre en héros pour l'éveil, *par Shantideva*
Sa57. Hymne de l'univers, *par Pierre Teilhard de Chardin*
Sa58. Le Milieu divin, *par Pierre Teilhard de Chardin*
Sa59. Les Héros mythiques et l'Homme de toujours
par Fernand Comte
Sa60. Les Entretiens de Houang-po
présentation et traduction de Patrick Carré
Sa61. Folle Sagesse, *par Chögyam Trungpa*
Sa62. Mythes égyptiens, *par George Hart*
Sa63. Mythes nordiques, *par R.I. Page*
Sa64. Nul n'est une île, *par Thomas Merton*
Sa65. Écrits mystiques des Béguines, *par Hadewijch d'Anvers*
Sa66. La Liberté naturelle de l'esprit, *par Longchenpa*
Sa67. La Sage aux champignons sacrés, *par Maria Sabina*
Sa68. La Mystique rhénane, *par Alain de Libera*
Sa69. Mythes de la Mésopotamie, *par Henrietta McCall*
Sa70. Proverbes de la sagesse juive, *par Victor Malka*

Sa71. Mythes grecs, *par Lucilla Burn*
Sa72. Écrits spirituels d'Abd el-Kader
présentés et traduits de l'arabe par Michel Chodkiewicz
Sa73. Les Fioretti de saint François
introduction et notes d'Alexandre Masseron
Sa74. Mandala, *par Chögyam Trungpa*
Sa75. La Cité de Dieu
1. Livres I à X, *par saint Augustin*
Sa76. La Cité de Dieu
2. Livres XI à XVII, *par saint Augustin*
Sa77. La Cité de Dieu
3. Livres XVIII à XXII, *par saint Augustin*
Sa78. Entretiens avec un ermite de la sainte Montagne
sur la prière du cœur, *par Hiérothée Vlachos*
Sa79. Mythes perses, *par Vesta Sarkhosh Curtis*
Sa80. Sur le vrai bouddhisme de la Terre Pure, *par Shinran*
Sa81. Le Tabernacle des Lumières, *par Ghazâlî*
Sa82. Le Miroir du cœur. Tantra du Dzogchen
traduit du tibétain et commenté par Philippe Cornu
Sa83. Yoga, *par Tara Michaël*
Sa84. La Pensée hindoue, *par Émile Gathier*
Sa85. Bardo. Au-delà de la folie, *par Chögyam Trungpa*
Sa86. Mythes aztèques et mayas, *par Karl Taube*
Sa87. Partition rouge, *par Florence Delay et Jacques Roubaud*
Sa88. Traité du Milieu, *par Nagarjuna*
Sa89. Construction d'un château, *par Robert Misrahi*
Sa90. Mythes romains, *par Jane F. Gardner*
Sa91. Le Cantique spirituel, *par saint Jean de la Croix*
Sa92. La Vive Flamme d'amour, *par saint Jean de la Croix*
Sa93. Philosopher par le Feu, *par Françoise Bonardel*
Sa94. Le Nouvel Homme, *par Thomas Merton*
Sa95. Vivre en bonne entente avec Dieu, *par Baal-Shem-Tov*
paroles recueillies par Martin Buber
Sa96. Être plus, *par Pierre Teilhard de Chardin*
Sa97. Hymnes de la religion d'Aton
traduits de l'égyptien et présentés par Pierre Grandet
Sa98. Mythes celtiques, *par Miranda Jane Green*
Sa99. Le Soûtra de l'estrade du Sixième Patriarche Houei-neng
par Fa-hai
Sa100. Vie écrite par elle-même, *par Thérèse d'Avila*
Sa101. Seul à seul avec Dieu, *par Janusz Korczak*
Sa102. L'Abeille turquoise, *par Tsangyang Gyatso*
chants d'amour présentés et traduits par Zéno Bianu
Sa103. La Perfection de sagesse
traduit du tibétain par Georges Driessens
sous la direction de Yonten Gyatso
Sa104. Le Sentier de rectitude, *par Moïse Hayyim Luzzatto*

Sa105. Tantra. La voie de l'ultime, *par Chögyam Trungpa*
Sa106. Les Symboles chrétiens primitifs, *par Jean Daniélou*
Sa107. Le Trésor du cœur des êtres éveillés, *par Dilgo Khyentsé*
Sa108. La Flamme de l'attention, *par Krishnamurti*
Sa109. Proverbes chinois, *par Roger Darrobers*
Sa110. Les Récits hassidiques, tome 1, *par Martin Buber*
Sa111. Les Traités, *par Maître Eckhart*
Sa112. Krishnamurti, *par Zéno Bianu*
Sa113. Les Récits hassidiques, tome 2, *par Martin Buber*
Sa114. Ibn Arabî et le Voyage sans retour, *par Claude Addas*
Sa115. Abraham ou l'Invention de la foi, *par Guy Lafon*
Sa116. Padmasambhava, *par Philippe Cornu*
Sa117. Socrate, *par Micheline Sauvage*
Sa118. Jeu d'illusion, *par Chögyam Trungpa*
Sa119. La Pratique de l'éveil de Tipola à Trungpa
par Fabrice Midal
Sa120. Cent Éléphants sur un brin d'herbe, *par le Dalaï-Lama*
Sa121. Tantra de l'union secrète, *par Yonten Gyatso*
Sa122. Le Chant du Messie, *par Michel Bouttier*
Sa123. Sermons et Oraisons funèbres, *par Bossuet*
Sa124. Qu'est-ce que le hassidisme ?, *par Haïm Nisenbaum*
Sa125. Dernier Journal, *par Krishnamurti*
Sa126. L'Art de vivre. Méditation Vipassana
enseignée par S. N. Goenka, *par William Hart*
Sa127. Le Château de l'âme, *par Thérèse d'Avila*
Sa128. Sur le Bonheur / Sur l'Amour
par Pierre Teilhard de Chardin
Sa129. L'Entraînement de l'esprit
et l'Apprentissage de la bienveillance
par Chögyam Trungpa
Sa130. Petite Histoire du Tchan, *par Nguên Huu Khoa*
Sa131. Le Livre de la piété filiale, *par Confucius*
Sa132. Le Coran, *traduit par Jean Grosjean*
Sa133. L'Ennuagement du cœur, *par Rûzbehân*
Sa134. Les Plus Belles Légendes juives, *par Victor Malka*
Sa135. La Fin'amor, *par Jean-Claude Marol*
Sa136. L'Expérience de l'éveil, *par Nan Huai-Chin*
Sa137. La Légende dorée, *par Jacques de Voragine*
Sa138. Paroles d'un soufi, *par Kharaqânî*
Sa139. Jérémie, *par André Neher*
Sa140. Comment je crois, *par Pierre Teilhard de Chardin*
Sa141. Han-Fei-tse ou le Tao du prince, *par Han Fei*
Sa142. Connaître, soigner, aimer, *par Hippocrate*
Sa143. La parole est un monde, *par Anne Stamm*
Sa144. El Dorado, *par Zéno Bianu et Luis Mizón*
Sa145. Les Alchimistes
par Michel Caron et Serge Hutin

Sa146. Le Livre de la Cour Jaune, *par Patrick Carré*
Sa147. Du bonheur de vivre et de mourir en paix
par Sa Sainteté le Dalaï-Lama
Sa148. Science et Christ, *par Pierre Teilhard de Chardin*
Sa149. L'Enseignement de Sri Aurobindo
par Madhav P. Pandit
Sa150. Le Traité de Bodhidharma
anonyme, traduit et commenté par Bernard Faure
Sa151. Les Prodiges de l'esprit naturel,
par Tenzin Wangyal
Sa152. Mythes et Dieux tibétains, *par Fabrice Midal*
Sa153. Maître Eckhart et la mystique rhénane
par Jeanne Ancelet-Hustache
Sa154. Le Yoga de la sagesse
par Sa Sainteté le Dalaï Lama
Sa155. Conseils au roi, *par Nagarjuna*
Sa156. Gandhi et la non-violence, *par Suzanne Lassier*
Sa157. Chants mystiques du tantrisme cachemirien, *par Lalla*
Sa158. Saint François d'Assise et l'esprit franciscain
par Ivan Gobry
Sa159. La Vie, *par Milarepa*
Sa160. L'Avenir de l'Homme
par Pierre Teilhard de Chardin
Sa161. La Méditation en Orient et en Occident
par Hans Waldenfels
Sa162. Les Entretiens du Bouddha, *par Mohan Wijayaratna*
Sa163. Saint Benoît et la vie monastique, *par Claude Jean-Nesmy*
Sa164. L'Esprit du Tibet, *par Dilgo Khyentsé*
Matthieu Ricard
Sa165. Dieu et Moi, *par Aldous Huxley*
Sa166. Les Dernières Paroles de Krishna, *anonyme*
Sa167. Yi-King, par Thomas Cleary, *Lieou Yi-Ming*
Sa168. St Grégoire Palamas et la Mystique orthodoxe
par Jean Meyendorff
Sa169. Paraboles celtiques, *par Robert Van de Weyer*
Sa170. Le Livre des dialogues, *par Catherine de Sienne*
Sa171. Cendres sur le Bouddha, *par Seung Sahn*
Sa172. Conseils spirituels aux bouddhistes et aux chrétiens
par Sa Sainteté le Dalaï-Lama
Sa173. Charles de Foucault et la Fraternité
par Denise et Robert Barrat
Sa174. Préceptes de vie issus de la sagesse amérindienne
par Jean-Paul Bourre
Sa175. Préceptes de vie issus du guerrier de lumière
par Jean-Paul Bourre
Sa176. L'Énergie humaine, *par Pierre Teilhard de Chardin*
Sa177. Dhammapada, *traduit par Le Dong*

Sa178. Le Livre de la chance, *par Nagarjuna*
Sa179. Saint Augustin et l'Augustinisme *par Henri-Irénée Marrou*
Sa180. Odes mystiques, *par Mawlâna Djalâl Od-Dîn Rûmi*
Sa181. Préceptes de vie issus de la sagesse juive *par Pierre Itshak Lurçat (éd.)*
Sa182. Préceptes de vie issus du Dalaï Lama *par Bernard Baudouin*
Sa 183. Dharma et Créativité, *par Chögyam Trungpa*
Sa 184. Les Sermons I, *par Maître Eckhart*
Sa 187. Confucius et l'Humanisme chinois, *par Pierre Do-Dinh*
Sa 188. Machik Ladbdron, Femmes et Dakini du Tibet *par Jérôme Edou*
Sa 189. La Vraie Loi, trésor de l'œil, *par Maître Dogen*
Sa 190. Les Voies spirituelles du bonheur, *par Dalaï Lama*
Sa 191. Moïse et la Vocation juive, *par André Neher*
Sa 192. La Voie du tantra, *par Ajit Mookerjee et Madhu Khanna*
Sa 193. Mythes incas, *par Gary Urton*
Sa 194. L'Initiation de Kalachakra, *par Alexander Berzin*
Sa 195. Patañjali et le Yoga, *par Mircea Eliade*
Sa 196. Préceptes de vie du Mahatma Gandhi, *par Henri Stern*
Sa 197. Rabbi Siméon bar Yochaï et la Cabbale, *par Guy Casaril*
Sa 198. La Vie de Naropa, *anonyme*
Sa 199. La Quête de la Sagesse, *Anonyme*
Sa 200. Saint Thomas d'Aquin et la théologie, *par Marie-Dominique Chenu*
Sa 201. L'Esprit du zen, *par Alan Wilson Watts*
Sa 202. Rûmî et le Soufisme, *par Eva de Vitray Meyerovitch*
Sa203. Dzogchen, *par Sa Sainteté le Dalaï Lama*
Sa204. Les Chants de l'île à dormir debout, *par Élizabeth Inandiak*
Sa205. Mythes russes, *par Elizabeth Warner*

Collection Points

SÉRIE ESSAIS

DERNIERS TITRES PARUS

310. Les Démocraties, *par Olivier Duhamel*
311. Histoire constitutionnelle de la France, *par Olivier Duhamel*
312. Droit constitutionnel, *par Olivier Duhamel*
313. Que veut une femme ?, *par Serge André*
314. Histoire de la révolution russe
 1. La révolution de Février, *par Léon Trotsky*
315. Histoire de la révolution russe
 2. La révolution d'Octobre, *par Léon Trotsky*
316. La Société bloquée, *par Michel Crozier*
317. Le Corps, *par Michel Bernard*
318. Introduction à l'étude de la parenté, *par Christian Ghasarian*
319. La Constitution, *introduction et commentaires par Guy Carcassonne*
320. Introduction à la politique *par Dominique Chagnollaud*
321. L'Invention de l'Europe, *par Emmanuel Todd*
322. La Naissance de l'histoire (tome 1), *par François Châtelet*
323. La Naissance de l'histoire (tome 2), *par François Châtelet*
324. L'Art de bâtir les villes, *par Camillo Sitte*
325. L'Invention de la réalité *sous la direction de Paul Watzlawick*
326. Le Pacte autobiographique, *par Philippe Lejeune*
327. L'Imprescriptible, *par Vladimir Jankélévitch*
328. Libertés et Droits fondamentaux *sous la direction de Mireille Delmas-Marty et Claude Lucas de Leyssac*
329. Penser au Moyen Age, *par Alain de Libera*
330. Soi-Même comme un autre, *par Paul Ricœur*
331. Raisons pratiques, *par Pierre Bourdieu*
332. L'Écriture poétique chinoise, *par François Cheng*
333. Machiavel et la Fragilité du politique *par Paul Valadier*
334. Code de déontologie médicale, *par Louis René*
335. Lumière, Commencement, Liberté *par Robert Misrahi*
336. Les Miettes philosophiques, *par Søren Kierkegaard*
337. Des yeux pour entendre, *par Oliver Sacks*
338. De la liberté du chrétien *et* Préfaces à la Bible *par Martin Luther* (bilingue)
339. L'Être et l'Essence *par Thomas d'Aquin et Dietrich de Freiberg* (bilingue)

340. Les Deux États, *par Bertrand Badie*
341. Le Pouvoir et la Règle, *par Erhard Friedberg*
342. Introduction élémentaire au droit, *par Jean-Pierre Hue*
343. La Démocratie politique, *par Philippe Braud*
344. Science politique
2. L'État, *par Philippe Braud*
345. Le Destin des immigrés, *par Emmanuel Todd*
346. La Psychologie sociale, *par Gustave-Nicolas Fischer*
347. La Métaphore vive, *par Paul Ricœur*
348. Les Trois Monothéismes, *par Daniel Sibony*
349. Éloge du quotidien. Essai sur la peinture hollandaise du XVIIIe siècle, *par Tzvetan Todorov*
350. Le Temps du désir. Essai sur le corps et la parole *par Denis Vasse*
351. La Recherche de la langue parfaite dans la culture européenne *par Umberto Eco*
352. Esquisses pyrrhoniennes, *par Pierre Pellegrin*
353. De l'ontologie, *par Jeremy Bentham*
354. Théorie de la justice, *par John Rawls*
355. De la naissance des dieux à la naissance du Christ *par Eugen Drewermann*
356. L'Impérialisme, *par Hannah Arendt*
357. Entre-Deux, *par Daniel Sibony*
358. Paul Ricœur, *par Olivier Mongin*
359. La Nouvelle Question sociale, *par Pierre Rosanvallon*
360. Sur l'antisémitisme, *par Hannah Arendt*
361. La Crise de l'intelligence, *par Michel Crozier*
362. L'Urbanisme face aux villes anciennes *par Gustavo Giovannoni*
363. Le Pardon, *collectif dirigé par Olivier Abel*
364. La Tolérance, *collectif dirigé par Claude Sahel*
365. Introduction à la sociologie politique *par Jean Baudouin*
366. Séminaire, livre I : les écrits techniques de Freud *par Jacques Lacan*
367. Identité et Différence, *par John Locke*
368. Sur la nature ou sur l'étant, la langue de l'être ? *par Parménide*
369. Les Carrefours du labyrinthe, I *par Cornelius Castoriadis*
370. Les Règles de l'art, *par Pierre Bourdieu*
371. La Pragmatique aujourd'hui, une nouvelle science de la communication *par Anne Reboul et Jacques Moeschler*
372. La Poétique de Dostoïevski, *par Mikhaïl Bakhtine*
373. L'Amérique latine, *par Alain Rouquié*
374. La Fidélité, *collectif dirigé par Cécile Wajsbrot*

375. Le Courage, *collectif dirigé par Pierre Michel Klein*
376. Le Nouvel Age des inégalités
par Jean-Paul Fitoussi et Pierre Rosanvallon
377. Du texte à l'action, essais d'herméneutique II
par Paul Ricœur
378. Madame du Deffand et son monde
par Benedetta Craveri
379. Rompre les charmes, *par Serge Leclaire*
380. Éthique, *par Spinoza*
381. Introduction à une politique de l'homme,
par Edgar Morin
382. Lectures 1. Autour du politique
par Paul Ricœur
383. L'Institution imaginaire de la société
par Cornelius Castoriadis
384. Essai d'autocritique et autres préfaces, *par Nietzsche*
385. Le Capitalisme utopique, *par Pierre Rosanvallon*
386. Mimologiques, *par Gérard Genette*
387. La Jouissance de l'hystérique, *par Lucien Israël*
388. L'Histoire d'Homère à Augustin
préfaces et textes d'historiens antiques
réunis et commentés par François Hartog
389. Études sur le romantisme, *par Jean-Pierre Richard*
390. Le Respect, *collectif dirigé par Catherine Audard*
391. La Justice, *collectif dirigé par William Baranès*
et Marie-Anne Frison Roche
392. L'Ombilic et la Voix, *par Denis Vasse*
393. La Théorie comme fiction, *par Maud Mannoni*
394. Don Quichotte ou le roman d'un Juif masqué
par Ruth Reichelberg
395. Le Grain de la voix, *par Roland Barthes*
396. Critique et Vérité, *par Roland Barthes*
397. Nouveau Dictionnaire encyclopédique
des sciences du langage
par Oswald Ducrot et Jean-Marie Schaeffer
398. Encore, *par Jacques Lacan*
399. Domaines de l'homme, *par Cornelius Castoriadis*
400. La Force d'attraction, *par J.-B. Pontalis*
401. Lectures 2, *par Paul Ricœur*
402. Des différentes méthodes du traduire
par Friedrich D.E.Schleiermacher
403. Histoire de la philosophie au XXe siècle
par Christian Delacampagne
404. L'Harmonie des langues, *par Leibniz*
405. Esquisse d'une théorie de la pratique
par Pierre Bourdieu
406. Le XVIIe siècle des moralistes, *par Bérengère Parmentier*

407. Littérature et Engagement, de Pascal à Sartre
par Benoît Denis
408. Marx, une critique de la philosophie, *par Isabelle Garo*
409. Amour et Désespoir, *par Michel Terestchenko*
410. Les Pratiques de gestion des ressources humaines
par François Pichault et Jean Mizet
411. Précis de sémiotique générale
par Jean-Marie Klinkenberg
412. Écrits sur le personnalisme, *par Emmanuel Mounier*
413. Refaire la Renaissance, *par Emmanuel Mounier*
414. Droit constitutionnel, 2. Les démocraties
par Olivier Duhamel
415. Droit humanitaire, *par Mario Bettati*
416. La Violence et la Paix, *par Pierre Hassner*
417. Descartes, *par John Cottingham*
418. Kant, *par Ralph Walker*
419. Marx, *par Terry Eagleton*
420. Socrate, *par Anthony Gottlieb*
421. Platon, *par Bernard Williams*
422. Nietzsche, *par Ronald Hayman*
423. Les Cheveux du baron de Münchhausen
par Paul Watzlawick
424. Husserl et l'Énigme du monde, *par Emmanuel Housset*
425. Sur le caractère national des langues
par Wilhelm von Humboldt
426. La Cour pénale internationale, *par William Bourdon*
427. Justice et Démocratie, *par John Rawls*
428. Perversions, *par Daniel Sibony*
429. La Passion d'être un autre, *par Pierre Legendre*
430. Entre mythe et politique, *par Jean-Pierre Vernant*
431. Entre dire et faire, *par Daniel Sibony*
432. Heidegger. Introduction à une lecture, *par Christian Dubois*
433. Essai de poétique médiévale, *par Paul Zumthor*
434. Les Romanciers du réel, *par Jacques Dubois*
435. Locke, *par Michael Ayers*
436. Voltaire, *par John Gray*
437. Wittgenstein, *par P.M.S. Hacker*
438. Hegel, *par Raymond Plant*
439. Hume, *par Anthony Quinton*
440. Spinoza, *par Roger Scruton*
441. Le Monde morcelé, *par Cornelius Castoriadis*
442. Le Totalitarisme, *par Enzo Traverso*
443. Le Séminaire Livre II, *par Jacques Lacan*
444. Le Racisme, une haine identitaire, *par Daniel Sibony*
445. Qu'est-ce que la politique ?, *par Hannah Arendt*
447. Foi et Savoir, *par Jacques Derrida*
448. Anthropologie de la communication, *par Yves Winkin*

449. Questions de littérature générale, *par Emmanuel Fraisse et Bernard Mouralis*
450. Les Théories du pacte social, *par Jean Terrel*
451. Machiavel, *par Quentin Skinner*
452. Si tu m'aimes, ne m'aime pas, *par Mony Elkaïm*
453. C'est pour cela qu'on aime les libellules *par Marc-Alain Ouaknin*
454. Le Démon de la théorie, *par Antoine Compagnon*
455. L'Économie contre la société *par Bernard Perret, Guy Roustang*
456. Entretiens de Francis Ponge avec Philippe Sollers *par Philippe Sollers - Francis Ponge*
457. Théorie de la littérature, *par Tzvetan Todorov*
458. Gens de la Tamise, *par Christine Jordis*
459. Essais sur le Politique, *par Claude Lefort*
460. Événements III, *par Daniel Sibony*
461. Langage et Pouvoir symbolique, *par Pierre Bourdieu*
462. Le Théâtre romantique, *par Florence Naugrette*
463. Introduction à l'anthropologie structurale, *par Robert Deliège*
464. L'Intermédiaire, *par Philippe Sollers*
465. L'Espace vide, *par Peter Brook*
466. Étude sur Descartes, *par Jean-Marie Beyssade*
467. Poétique de l'ironie, *par Pierre Schoentjes*
468. Histoire et Vérité, *par Paul Ricoeur*
469. Une charte pour l'Europe *Introduite et commentée par Guy Braibant*
470. La Métaphore baroque, d'Aristote à Tesauro, *par Yves Hersant*
471. Kant, *par Ralph Walker*
472. Sade mon prochain, *par Pierre Klossowski*
473. Freud, *par Octave Mannoni*
474. Seuils, *par Gérard Genette*
475. Système sceptique et autres systèmes, *par David Hume*
476. L'Existence du mal, *par Alain Cugno*
477. Le Bal des célibataires, *par Pierre Bourdieu*
478. L'Héritage refusé, *par Patrick Champagne*
479. L'Enfant porté, *par Aldo Naouri*
480. L'Ange et le Cachalot, *par Simon Leys*
481. L'Aventure des manuscrits de la mer Morte *par Hershel Shanks (dir.)*
482. Cultures et Mondialisation, *par Philippe d'Iribarne (dir.)*
483. La Domination masculine, *par Pierre Bourdieu*
484. Les Catégories, *par Aristote*
485. Pierre Bourdieu et la théorie du monde social, *par Louis Pinto*
486. Poésie et Renaissance, *par François Rigolot*
487. L'Existence de Dieu, *par Emanuela Scribano*
488. Histoire de la pensée chinoise, *par Anne Cheng*
489. Contre les professeurs, *par Sextus Empiricus*

490. La Construction sociale du corps, *par Christine Detrez*
491. Aristote, le philosophe et les savoirs
par Michel Crubellier et Pierre Pellegrin
492. Écrits sur le théâtre, *par Roland Barthes*
493. La Propension des choses, *par François Jullien*
494. La Mémoire, l'Histoire, l'Oubli, *par Paul Ricœur*
495. Un anthropologue sur Mars, *par Oliver Sacks*
496. Avec Shakespeare, *par Daniel Sibony*
497. Pouvoirs politiques en France, *par Olivier Duhamel*
498. Les Purifications, *par Empédocle*
499. Panorama des thérapies familiales
collectif sous la direction de Mony Elkaïm
500. Juger, *par Hannah Arendt*
501. La Vie commune, *par Tzvetan Todorov*
502. La Peur du vide, *par Olivier Mongin*
503. La Mobilisation infinie, *par Peter Sloterdijk*
504. La Faiblesse de croire, *par Michel de Certeau*
505. Le Rêve, la Transe et la Folie, *par Roger Bastide*
506. Penser la Bible, *par Paul Ricoeur et André LaCocque*
507. Méditations pascaliennes, *par Pierre Bourdieu*
508. La Méthode
5. L' humanité de l' humanité, *par Edgar Morin*
509. Élégie érotique romaine, *par Paul Veyne*
510. Sur l'interaction, *par Paul Watzlawick*
511. Fiction et Diction, *par Gérard Genette*
512. La Fabrique de la langue, *par Lise Gauvin*
513. Il était une fois l'ethnographie, *par Germaine Tillion*
514. Éloge de l'individu, *par Tzvetan Todorov*
515. Violences politiques, *par Philippe Braud*
516. Le Culte du néant, *par Roger-Pol Droit*
517. Pour un catastrophisme éclairé, *par Jean-Pierre Dupuy*
518. Pour entrer dans le XXIe siècle, *par Edgar Morin*
519. Points de suspension, *par Peter Brook*
520. Les Écrivains voyageurs au XXe siècle, *par Gérard Cogez*
521. L'Islam mondialisé, *par Olivier Roy*
522. La Mort opportune, *par Jacques Pohier*
523. Une tragédie française, *par Tzvetan Todorov*
527. L'Oubli de l'Inde, *par Roger-Pol Droit*
528. La Maladie de l'Islam, *par Abdelwahab Meddeb*
529. Le Nu impossible, *par François Jullien*
530. Le Juste 1, *par Paul Ricœur*
531. Le Corps et sa danse, *par Daniel Sibony*
532. Schumann. La Tombée du jour, *par Michel Schneider*
532. Mange ta soupe et… tais-toi !, *par Michel Ghazal*
533. Jésus après Jésus, *par Gérard Mordillat et Jérôme Prieur*
534. Introduction à la pensée complexe, *par Edgar Morin*
535. Peter Brook. Vers un théâtre premier, *par Georges Banu*